Un pari risqué

LEWIS & KRISTEN

DU MÊME AUTEUR
AUX ÉDITIONS CHERRY PUBLISHING

Coup de fouet en cuisine
Les filles du majordome, Poppy
Les filles du majordome, Heather
Les filles du majordome, Bluebell
Un pari risqué, Elijah et Moïra

Nos ouvrages sont également disponibles
au format numérique.

Retrouvez notre catalogue sur :
www.cherry-publishing.com

DAISY JANE BAKER

Un pari risqué

LEWIS & KRISTEN

Première édition : décembre 2023

ISBN : 978-1-80116-628-7

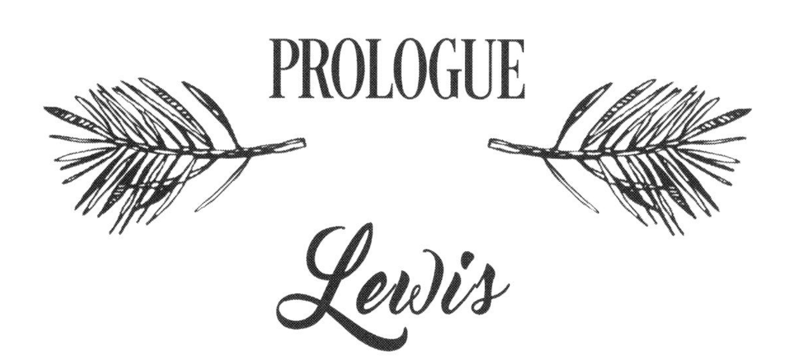

PROLOGUE

Lewis

– Tu comptes vraiment passer la journée ici à ressasser ?

Je lance un regard noir à Matthew, mon meilleur ami – et mon bras droit depuis que j'ai succédé à mon père à la tête de l'entreprise familiale.

– Tu appelles ça « ressasser » ? répliqué-je.

Il me fixe avec une lueur d'amusement dans le regard, ce qui a pour effet de faire monter ma frustration d'un cran. M'abstenant de rajouter quoique ce soit d'autre, je me tourne vers l'immense baie vitrée qui offre une vue spectaculaire sur la *skyline* de New York.

Notre siège est implanté dans l'une des tours les plus prestigieuses de la ville, mais la foule qui s'amasse en bas, dans la rue, ne lève pas un regard vers elle. Aujourd'hui, ils sont tous là pour assister à un événement très attendu chaque année par les New-Yorkais : l'arrivée du sapin de Noël du Rockefeller Center.

– Je n'arrive pas à croire que cette ville s'obstine à abattre un arbre aussi immense chaque année. Et après, on vient nous emmerder avec le changement climatique…

Près de moi, Matthew éclate d'un rire franc.

– Bon sang, Lewis, soit réaliste ! La chasse au sapin parfait est une tradition depuis presque un siècle. Tous les états voisins sont sur les rangs. Et pendant que les médias s'emballent, toute la ville se met en mode Noël. Ils nous mâchent le travail ! Ce qui fait d'autant plus de ventes pour nous ! Estime-toi heureux !

Je dois bien reconnaître que cette effervescence médiatique donne une résonance exceptionnelle à nos campagnes publicitaires et booste la vente de nos décorations de Noël estampillées Barrett & Reese.

Je me tourne vers lui avec humeur, en le fusillant du regard.

– Heureusement pour toi, car je trouve que, cette année, notre campagne de pubs n'est pas terrible !

Je défie Matthew du regard, et je note avec une certaine satisfaction qu'une ombre passe sur son visage. Je le connais assez pour savoir qu'il n'aime pas que l'on remette en question la qualité de son travail.

Il se contente finalement de secouer la tête.

– Non, je n'entrerai pas dans ce petit jeu avec toi.

Je me détourne de la vue de la fenêtre et me dirige vers mon bureau pour me laisser tomber sur mon siège avec un vague sentiment de honte.

– Excuse-moi. Tu as fait de l'excellent travail, comme toujours. C'est juste que quand j'étais gamin, l'illumination du sapin du Rockefeller Center était un véritable événement chez nous.

Matthew hausse les épaules avec désinvolture :

– Comme chez tout le monde dans cette ville. Cette soirée lance officiellement la saison de Noël, après tout.

Je me renfrogne.

– Chez nous, c'était différent. Mon père a toujours eu pour objectif qu'un jour, ce soit un sapin Barrett & Reese qui soit à l'honneur et…

Il m'interrompt sans ménagement :

– … et tu t'es juré que tu réaliserais son rêve. Je sais. Tu me servais déjà cette histoire quand on était à la fac, tu te souviens ? Seulement, la tradition, c'est d'installer un *vrai* sapin. Pas un sapin en plastique. Et soyons honnêtes : quand bien même tu arriverais à convaincre le maire et toute la ville avec lui que c'est une bonne idée d'en mettre un faux, il est techniquement impossible à ce jour de proposer un sapin artificiel d'une telle hauteur, même pour nous. Le seul moyen pour qu'un sapin Barrett & Reese trône un jour au Rockefeller Center, c'est qu'il...

Je le coupe net en me levant brutalement, déterminé tout à coup à mettre un terme à cette conversation :

– J'ai à faire. On se retrouve pour le déjeuner.

Matt soupire discrètement, mais à mon grand soulagement, il bat en retraite. Je sais pertinemment ce qu'il allait dire.

Le seul moyen pour qu'un sapin Barrett & Reese trône un jour au Rockefeller Center, c'est qu'il provienne de la plantation de mon frère, Elijah.

Et cela n'arrivera jamais. Déjà, parce que je doute qu'il dispose d'un arbre de cette envergure. Et quand bien même... Tel que je le connais, il n'est pas suffisamment ambitieux pour faire en sorte qu'il trône au cœur de New York. Il y a bien longtemps que j'ai compris que c'était à moi de défendre l'héritage Barrett & Reese.

Ouvrant brusquement le tiroir de mon bureau, j'en tire le cadre que j'y ai jeté un jour, sous le coup de la colère. La photo a tout d'un portrait de la famille parfaite. Sur la gauche, un homme en polo et pantalon de lin, à droite une jeune femme portant une robe aux couleurs pastel. Entre eux, deux bambins aux joues rebondies, qui se tiennent un peu raides, en souriant à l'objectif : Elijah et moi. Une famille ordinaire. Ou presque...

Car si les tenues sont décontractées, nous portons tous des vêtements griffés. Et surtout, au fond de l'immense étendue de verdure, on devine une vaste maison blanche : le manoir construit par mon grand-père, William Barrett, quelques années avant le décès de ma grand-mère.

À la tête d'une simple fabrique de décorations de Noël, il a réussi à bâtir un véritable empire grâce à une idée audacieuse : des boutiques dédiées à Noël, ouvertes toute l'année. Son idée était de recréer un univers qui fasse perdre toute notion du temps aux visiteurs. Aussi avait-il pensé sa toute première boutique comme un véritable parc d'attractions en miniature.

À l'époque, le concept avait paru tellement absurde que les plus grandes chaînes de TV s'étaient déplacées. Il n'avait pas tardé à faire ce qu'on appelle aujourd'hui un *buzz*. Et il avait entamé une longue route vers le succès…

… du moins jusqu'au jour où il s'était mis en tête de concevoir un *vrai* parc d'attraction mettant en scène le monde merveilleux de Noël. Le projet fut le seul échec de sa carrière – et si mon père n'avait pas épousé l'héritière du magnat de l'immobilier Aidan Reese, l'entreprise familiale aurait fait faillite, purement et simplement. Au lieu de quoi, elle est devenue la société Barrett & Reese. Et d'ici quelques semaines, nos décorations de Noël orneront les vitrines des grands magasins, la plupart des foyers américains, et même les sapins qui brillent dans les téléfilms de Noël – un placement de produits dont mon père a eu l'idée lors de sa dernière année à la tête de la société.

Quelques mois plus tard, il était victime d'une attaque cardiaque l'obligeant à prendre une retraite anticipée, et je reprenais le flambeau, pendant que mon frère était… Je ne sais même pas où il était ! Sans doute encore à arpenter ses chères montagnes, en rêvassant, comme il a toujours si bien su le faire !

D'un geste rageur, je jette à nouveau le cadre dans le tiroir. Je suis tenté de reprendre mon poste face à la fenêtre dominant l'avenue dans laquelle l'énorme *truck* transportant le sapin du Rockefeller Center ne va plus tarder à passer. En bas, la foule des badauds qui patientent dans le froid mordant s'est sans doute épaissie. Je sais que ça ne fera que me frustrer davantage, mais c'est plus fort que moi...

À l'instant où je me lève, une sonnerie me coupe dans mon élan. C'est Ella, mon assistante. Je m'empresse de répondre, ravi d'avoir un sujet de distraction.

– Mademoiselle Tiernan demande à vous rencontrer, me dit-elle sobrement.

Je reste interdit un instant. Tiernan ? Je me flatte d'avoir un talent pour retenir les noms et les visages, ce qui se révèle d'ailleurs très utile dans le monde des affaires, mais ce nom ne me dit rien. Je possède toutefois un autre talent : celui de prendre des décisions rapides.

– Faites-la entrer.

Je me tourne vers la porte de mon bureau en prenant soin d'afficher une attitude impénétrable, mais je dois reconnaître que l'arrivée de cette inconnue fait naître une pointe d'excitation.

Lorsque la porte s'ouvre, Ella me lance un regard presque craintif en s'écartant pour laisser passer l'inconnue. Cette dernière porte un simple jeans, une paire de chaussures en cuir, et elle est emmitouflée dans une parka – une tenue qui tranche radicalement avec celle des femmes qui fréquentent habituellement nos bureaux.

Je me redresse, reconnaissant immédiatement ce visage parsemé de taches de rousseur et animé par des yeux d'un vert perçant.

– Moïra ? avancé-je.

Ma secrétaire peine à dissimuler sa surprise en constatant que je connais la visiteuse. Visiblement soulagée de ne pas avoir commis d'impair en laissant la nouvelle venue entrer, elle s'éclipse avec discrétion.

Moïra la regarde disparaître, avant de se tourner vers moi, embarrassée.

– Bonjour, Lewis, dit-elle.

Je l'examine avec une pointe d'inquiétude. Moïra est la dernière lubie de mon grand-père : une jeune femme qu'il a engagée pour entretenir le parc du manoir. Personnellement, je persiste à penser que l'étendue boisée aurait davantage besoin d'un homme capable de manier la tronçonneuse. Cependant, je dois reconnaître que lors de ma dernière visite, bois et plantations étaient luxuriants, et vraiment bien entretenus.

Je réalise tout à coup que le silence s'éternise entre nous, et que la jeune femme demeure près de la porte, manifestement mal à l'aise :

– Excusez-moi. Je ne m'attendais pas à vous voir ici. Je vous en prie…

Je désigne le canapé qui occupe une partie de mon vaste bureau, mais elle secoue la tête en signe de refus, ne se donnant pas seulement la peine de retirer son manteau :

– Je ne fais que passer. En fait…

Elle s'interrompt, en se mordillant la lèvre un instant. Puis, elle prend une inspiration, me donnant clairement l'impression de se jeter à l'eau :

– Il se trouve que j'avais à faire en ville, et j'ai décidé de venir vous voir. Mais… Bill ne sait pas que je suis là.

Bill…

Je ravale mon amertume. Je n'arrive pas à me faire à l'idée que cette jeune femme – que mon grand-père a sortie de nulle part – se permette de le surnommer affectueusement « Bill ». Une familiarité que ne s'autorisent jusque-là aucun de ses employés ni même les membres de sa famille.

– Je vois. Si vous n'êtes pas satisfaite de votre salaire et de vos conditions de travail, je vous suggère d'en parler directement avec mon grand-père.

Moïra me regarde avec une expression indéfinissable.

– Pour vous, tout se rapporte toujours à l'argent, n'est-ce pas ?

Je ne perçois pas de jugement dans sa voix, plutôt une certaine tristesse. Étrangement, je trouve cela vexant.

– Je suis un homme occupé, Moïra. Alors, si vous me disiez franchement ce qui vous amène ?

J'espérais la déstabiliser, mais toute trace de timidité semble tout à coup envolée. Elle s'avance de quelques pas, assez pour planter son regard vert d'eau dans le mien :

– Je suis venue vous demander de rendre visite à votre grand-père.

Le silence tombe sur la pièce, et il me faut un instant pour intégrer ses paroles. Sa demande me prend de court, au point que j'en bafouillerais presque :

– De quoi parlez-vous ? Bien sûr que je vais rendre visite à mon grand-père. Nous passons tous Thanksgiving au manoir.

Ne lâchant pas mon regard, elle secoue la tête avec détermination :

– Je veux dire *maintenant*, Lewis.

Cette rouquine commence à me taper sur les nerfs.

– Écoutez… Mon grand-père est un homme qui a travaillé toute sa vie, et si ça lui fait plaisir de vous prendre sous son aile et de vous autoriser à vous montrer familière avec lui, je n'y vois aucun inconvénient…

Je vais quand même m'assurer que les œuvres d'art qui ornent le manoir soient toujours à leur place et jeter un œil aux comptes de grand-père.

– … mais comme je vous l'ai dit : je suis un homme occupé. Et si vous aviez deux sous de bon sens, vous vous douteriez qu'on entame une période de l'année cruciale pour notre entreprise.

Elle soutient mon regard, mais l'éclat de colère que j'y surprends cède presque immédiatement la place à la tristesse. Encore.

– Votre grand-père vieillit. Et si *vous* aviez deux sous de bon sens, vous profiteriez de lui tant qu'il est encore temps.

Là-dessus, elle tourne les talons et se dirige vers la porte, quittant le bureau sans m'accorder un regard ou une salutation.

Et moi qui voulais une distraction…

Cette fille est dingue. Mon grand-père va très bien.

***

Le reste de la journée est un véritable calvaire. J'ignore si c'est la visite de Moïra ou l'arrivée de ce foutu sapin, mais je ne peux pas chasser la désagréable impression d'avoir un poids dans la poitrine. Je ferais bien un détour par la salle de sport, mais il me reste des dossiers à traiter impérativement avant Thanksgiving. D'ailleurs, j'ai expressément dit à mon coach que je n'étais pas disponible ce soir, et je ne suis même pas certain qu'il soit en ville. Aussi, je me contente de regagner mon domicile.

Après avoir passé un long moment sous la douche pour tenter de me détendre, je m'installe sur mon canapé, face à mon ordinateur et une pizza fraîchement livrée. Je n'ai pas le temps d'ouvrir le dossier sur lequel je comptais travailler que je suis interrompu par la sonnerie de mon téléphone.

Je jette un coup d'œil au numéro qui s'affiche. Mon père. J'imagine que bien qu'il ne vive plus en ville, il s'est infligé la vidéo de l'arrivée du sapin au Rockefeller Center. Et ça le travaille, comme chaque année.

Je décroche, tout disposé à partager son amertume.

– Bonsoir, papa.

Un instant de silence flotte, avant que la voix de mon père ne raisonne, froide et étonnamment calme.

– Bonsoir, fils. Je crains d'avoir une mauvaise nouvelle. Ton grand-père nous a quittés cet après-midi, annonce-t-il.

Mon sang se glace, tandis que le temps semble suspendu. J'ai l'impression que mon esprit ne fonctionne plus correctement, tout à coup.

Conservant une maîtrise absolue de ses émotions, mon père me porte le coup de grâce.

– Je te serais reconnaissant de bien vouloir te charger d'avertir ton frère.

1

Lewis

Les yeux rivés sur la route, mon téléphone accroché à côté de moi, j'écoute Matthew me lire le communiqué de presse annonçant la mort de mon grand-père, qui sera publié demain. Cela me semble totalement invraisemblable. Il ne peut pas nous avoir quittés – pas aussi brusquement. Le dernier de mes grands-parents. Le plus solide aussi… Qui plus est le jour même de la visite de cette Moïra ? J'ai peine à croire que c'est un malheureux hasard.

Est-ce qu'elle est devin ? Est-ce qu'elle l'a assassiné ? Est-ce que…

Je commence à divaguer.

– … Lewis ?

J'essaie de chasser ces pensées.

– Excuse-moi, Matt. Tu disais ?

– Tu valides le communiqué ou tu veux y apporter des modifications ?

– Non, c'est très bien.

– Les médias seront furieux d'être informés aussi tardivement.

– Je sais. Mais je n'ai pas envie de les voir débarquer durant la cérémonie des obsèques. Je serai de retour en ville dans trois jours. Organise une conférence de presse à ce moment-là.

– Très bien. Autre chose ?

J'hésite une fraction de seconde.

– Moïra Tiernan.

– Qui ça ?

– Moïra Tiernan. Une employée de mon grand-père. Je veux savoir tout ce qu'il y a à savoir sur elle.

Je sens mon ami sur le point de poser une autre question, et mes mains se crispent légèrement sur le volant. Je déteste que l'on me pose des questions ou que l'on discute mes ordres. D'ailleurs, personne ne s'avise de le faire, à l'exception notable de Matt. Mais il s'abstient finalement de tout commentaire.

– Bien. Je mets le service juridique sur le coup. Tu auras toutes les infos à ton retour, déclare-t-il.

– Merci.

Mettant fin à la conversation, je raccroche et me concentre à nouveau sur la route qui serpente à présent à travers la forêt.

Comme nombre d'hommes d'affaires ayant fait fortune à New York, mon grand-père a choisi d'établir sa propriété familiale dans le Connecticut. Bien que je ne sois pas capable de me passer longtemps de l'énergie vibrante de la ville, je dois reconnaître que le manoir se niche dans un écrin resplendissant, en particulier en automne.

Habituellement, lorsque nous venons pour Thanksgiving et que le froid semble pétrifier le parc et le bois, nous savons que l'odeur des pâtisseries de Martha embaumera la maison. Au service de mon grand-père depuis la construction du manoir, elle connaît les habitudes de chacun. Thé, chocolat ou café : elle nous apporte des boissons chaudes au salon, accompagnées de gâteaux faits maison. L'ambiance devient presque chaleureuse, malgré les tensions familiales.

À présent, le paysage me semble surtout lugubre, et la nature menaçante.

Alors que je me rapproche de ma destination, une boule

se forme dans mon estomac. Je passe une main dans mes cheveux bruns pour me donner contenance, mais c'est peine perdue. Et quand je ralentis pour enfin franchir la grille de la propriété familiale, la vérité me frappe de plein fouet : mon grand-père est mort. C'est réel. Grand-mère n'est plus là depuis longtemps. Il n'y a plus personne…

Mon cœur se serre, et ma gorge devient douloureuse.

Merde, tu n'es plus un gosse Lewis. Reprends-toi.

Refoulant le chagrin qui m'assaille, je franchis les portes du domaine à bord de mon SUV et remonte lentement l'allée. Bientôt, la silhouette imposante de la maison blanche se dessine, et je distingue une luxueuse voiture noire immobilisée au pied des marches du perron. J'en conclus que mes parents sont arrivés.

À peine ma voiture est-elle immobilisée qu'une silhouette frêle surgit par la porte d'entrée. Aussi élégante qu'à son habitude, ma mère vient en toute hâte à ma rencontre tandis que je sors de ma voiture. Elle a les traits tirés, et son expression se fait plus tendue encore lorsqu'elle arrive à ma hauteur. Jetant un coup d'œil rapide vers l'habitacle, elle me serre rapidement dans ses bras :

– Chéri ! Enfin, tu es là. Mais tu es seul ?

Je lui lance un coup d'œil surpris, et elle baisse tout à coup la voix :

– Nous pensions que tu viendrais peut-être avec ton frère… Nous n'avons pas de nouvelles…

Je me tends. Je n'ai même pas pensé à lui demander comment il venait. En même temps, il ne m'a pas vraiment laissé le temps de proposer quoi que ce soit quand je l'ai eu au téléphone.

Ma mère me scrute d'un air inquiet.

– Elijah va venir, n'est-ce pas ?

Je lui adresse un sourire crispé.

– Bien sûr, oui.

Un soupçon de panique passe sur son visage :

– Lewis…

Je lui saisis les épaules pour la rassurer, mon regard plongé dans le sien.

– Maman, il va arriver. D'accord ? Dis-moi plutôt où est papa.

Elle soupire, ne semblant pas tout à fait convaincue.

– Dans le bureau de ton grand-père.

– Bien. Je vais aller le voir.

Ma mère acquiesce, mais je remarque son regard qui s'égare vers l'allée. Je sais qu'elle ne sera parfaitement rassurée que lorsque mon frère sera là.

***

Lorsque nous nous attablons pour dîner, ma mère et moi échangeons un regard inquiet. Le carillon sonne 19 heures – heure à laquelle mon grand-père tenait à se mettre à table chaque soir. Et toujours aucune nouvelle de mon frère. Le couvert dressé à son attention et la chaise vide qui l'accompagnent ne font que souligner son absence.

Je lance un coup d'œil à mon père, qui affiche son expression sévère coutumière. Je le connais suffisamment pour distinguer des traces de chagrin à travers ce masque impassible. Et aussi une pointe d'agacement.

Je me maudis intérieurement. J'aurais dû m'assurer moi-même qu'Elijah serait là en temps et en heure. Mais je ne m'attendais pas à ce qu'il se comporte de façon aussi irresponsable en pareilles circonstances.

Brisant le silence pesant qui règne dans la pièce, mon père nous regarde :

– Cette chère Martha s'est encore surpassée, ce soir. C'est

sa façon à elle de nous réconforter. Alors, tâchons de lui faire honneur.

Le repas me semble interminable, et lorsque nous quittons enfin la pièce, j'espère pouvoir m'éclipser. Je n'ai toutefois pas le temps de dire un mot, car mon père me lance un coup d'œil :

– J'ai trouvé quelque chose d'intéressant, en mettant les papiers de ton grand-père en ordre.

Cela éveille ma curiosité – ainsi que celle de ma mère. Nous lui emboîtons le pas, pour nous diriger vers la table basse, sur laquelle trône un grand carton.

– Je pensais l'explorer en famille, avec ton frère, mais je me demande s'il compte seulement nous honorer de sa présence.

Ma mère pose la main sur son bras et le presse doucement.

– Voyons, Jonathan. Elijah ne manquerait pas les funérailles de son grand-père. Il l'aimait beaucoup.

Mon père se détourne, les yeux brillants :

– Qui sait de quoi il est capable ? On enterre son grand-père demain matin, et il n'a toujours pas donné signe de vie.

– Il est certainement en route.

– Et il n'a pas jugé utile d'appeler.

Je partage l'opinion de mon père – il me semble ahurissant qu'Elijah ne passe pas seulement un coup de fil pour nous tenir informés. Toutefois, je n'ai aucune envie de blesser ma mère, qui s'efforce d'apaiser la situation. Aussi, je me contente de ravaler ma colère envers lui, et de faire diversion.

– Tu disais que tu avais trouvé quelque chose dans le bureau de grand-père ? demandé-je.

Le visage de mon père se détend un peu.

– Oui. Regardez ça.

Ouvrant la boîte en carton, mon père en extirpe un vieil album. En l'ouvrant, il dévoile des photos aux couleurs passées :

– La ville de Charlotte, Caroline du Nord. Là où tout a commencé.

Je me rapproche pour examiner les images, tandis que mon père les commente :

– Regardez-moi ça. La boutique ne devait être ouverte que depuis quelques semaines quand cette photo a été prise. Et ça se bousculait ! Pourtant, on ne donnait pas cher de notre peau…

Je ne peux retenir un sourire :

– *Notre* peau ? Papa, c'était en 1964. Tu ne devais pas avoir plus de quelques mois.

Ma mère plisse les yeux avec une certaine malice :

– Mais ton père était déjà très impliqué.

Je lui lance un coup d'œil, réalisant avec étonnement qu'il affiche une expression embarrassée.

– Comment ça ?

Il se renfrogne, mais ma mère s'empare de l'album, tournant les pages rapidement :

– Oh, attends un peu. Il y a forcément des photos… Là !

Elle me tend l'album, pointant le doigt sur une photo que je n'avais encore jamais vue. En l'examinant plus attentivement, je reconnais distinctement ma grand-mère, qui tient un bébé dans ses bras – mon père, forcément. Tous deux posent auprès d'une cheminée et d'un sapin abondamment décoré. Pourtant, la scène ne se passe pas dans un salon, mais dans ce qui semble être un studio photo.

– Grand-mère et toi, vous avez posé pour des photos publicitaires ?

– Les banques ne se bousculaient pas pour financer le projet de ton grand-père. Il a bien fallu qu'il fasse avec les moyens du bord. Et il ne pouvait pas se permettre de payer des mannequins, bougonne mon père.

Je manque d'éclater de rire. Le très sérieux Jonathan Barrett qui pose en couche culotte ? À l'ère des réseaux sociaux, cette image ferait incontestablement un *buzz* !

– Incroyable !

En regardant la photo de plus près, je distingue un homme de dos, qui semble donner des indications.

– Attends… Est-ce que c'est… ?

– Ton grand-père, oui. À l'époque, il se chargeait lui-même de la direction artistique. Cette photo résume à elle seule toute l'histoire de notre entreprise, mon fils. C'est avant tout une histoire de famille. Et tout le monde y a toujours apporté sa contribution. Du moins, jusqu'à… récemment, acquiesce mon père.

Ses dernières paroles vibrent dans le silence pesant qui tombe tout à coup dans le salon. Ma mère et moi n'avons pas besoin qu'il en dise plus pour comprendre qu'il pense à mon frère, qui ne s'est jamais intéressé le moins du monde aux affaires.

Sentant la colère s'emparer de moi, je décide de lui téléphoner. Mais quand je glisse la main dans ma poche, je réalise que je n'ai pas mon téléphone sur moi.

Merde.

À l'instant où je m'apprête à quitter la pièce pour aller le chercher, une silhouette apparaît dans l'encadrement de la porte. Mon père se raidit, mais ma mère s'élance en avant pour le serrer dans ses bras :

– Elijah ! Enfin, te voilà.

– Je suis désolé, maman. Il y avait des embouteillages sur la route en sortant de l'aéroport, répond mon frère d'une voix blanche, tout en lui rendant son étreinte.

Le visage dur, notre père reste à distance.

– Je sais que tu vis au milieu de nulle part, mais tu dois bien avoir un téléphone, non ? demande ce dernier froidement.

– Je l'ai fait, et je n'ai réussi à joindre personne.

Ma mère fouille la pièce du regard, avant de trouver son portable :

– Oh, quelle idiote. Je l'ai laissé sur silencieux.

Elijah m'adresse un regard fatigué :

– Et toi non plus, tu n'as pas eu mon message ?

Je me raidis, en réalisant tout à coup ma bourde.

– Je suis désolé. Je crois que j'ai laissé mon portable dans le bureau de grand-père.

Mon père continue à le fixer avec la même sévérité.

– Eh bien, une longue journée nous attend, demain. Je pense que je vais aller me coucher.

Elijah le suit du regard tandis qu'il traverse le salon, passant devant lui avant de quitter la pièce. Ma mère et moi échangeons un regard, et je sais que nous partageons la même pensée. Ils ne peuvent donc pas faire une trêve, ne serait-ce que ce soir ?

Passant affectueusement la main sur sa joue, elle s'efforce de le réconforter.

– Ton père est bouleversé, mon chéri.

Mon frère secoue la tête, amer.

– Je crois que j'ai besoin de prendre l'air.

Tandis qu'il quitte à son tour la pièce, ma mère semble déterminée à le suivre, mais je la retiens par le bras.

– Je m'en occupe.

– Tu es sûr ?

– C'est de ma faute, après tout. Si je n'avais pas laissé mon téléphone dans le bureau…

– Bien. Mais assure-toi qu'il mange quelque chose de chaud.

Je hoche la tête, et je me dirige vers la porte d'entrée. Le froid me frappe de plein fouet quand je la franchis. Et nulle trace de mon frère. En maugréant, je descends les marches du perron, et je longe la maison, sachant très bien où aller. À quelques mètres de là se dresse une petite annexe dans laquelle mon grand-père a aménagé un atelier de bricolage. Sans surprise, j'aperçois de la lumière en approchant, et j'entends la voix de mon frère.

– Écoute, Chris, je préférerais que tu attendes que je sois de retour. Je ne veux pas que tu prennes de risques… Bien sûr que si, j'ai confiance en toi ! Mais je n'ai pas confiance en *eux*…

Il marque un silence, et sa voix reprend, perdant de sa fermeté :

– Oh, eh bien… Disons que les sentiments ne sont pas vraiment le point fort de la famille. Tu sais, maintenant que mon grand-père n'est plus là…

Bien qu'il n'achève pas sa phrase, je crispe la mâchoire. J'imagine que maintenant que notre grand-père n'est plus là, il est prêt à définitivement couper les ponts avec la famille – même si cela doit briser le cœur de notre mère.

Transi de froid, je décide de le laisser à ses pleurnicheries pour ce soir et de rentrer. Mais il n'est pas question que je le laisse faire !

2

Kristen

– Tu sais, maintenant que grand-père n'est plus là…

Elijah n'achève pas sa phrase, mais je sais très précisément ce qu'il ressent. Il était très attaché à son grand-père. D'ailleurs, c'était le seul soutien sur lequel il pouvait compter au sein de sa famille.

Je suis tout à coup prise de culpabilité.

– Je suis désolée. Je n'aurais pas dû t'appeler ce soir.

– Tu plaisantes ? Tu es la première personne à me manifester un peu de sympathie depuis que je suis arrivé.

Mon cœur se serre. Les choses ne sont pas simples avec mes propres parents. Eux et moi, nous n'avons jamais eu la même vision de la vie. Mais ce n'est rien en comparaison de la famille d'Elijah.

Je prends le parti de détendre l'atmosphère.

– Hé ! Si je suis sympa, c'est uniquement parce que tu me dois encore dix billets.

– Que tu m'as extorqué en trichant !

Je souris pour moi-même, soulagée de sentir qu'il retrouve un peu de gaieté.

– On réglera ça à ton retour, OK ?

– OK. Et d'ici là, tu ne prends pas de risque, d'accord ? précise Elijah.

Je grimace, sachant très bien que je ne peux pas le lui promettre – surtout pas ce soir. Je déteste l'idée de lui mentir, même par omission. Je parviens malgré tout à mettre fin à la conversation sans éveiller ses soupçons.

Glissant le téléphone dans la poche de ma parka, j'attrape mon sac à dos sur le siège passager de ma voiture. Quittant la chaleur de mon habitacle, j'examine la forêt qui m'entoure. Je me suis garée à la lisière de l'exploitation de sapins d'Elijah. Les arbres sont assez espacés, et une fine pellicule de neige reflète les rayons de la lune. Je n'aurais pas besoin de ma lampe frontale. Je vais tout de même devoir être prudente si je ne veux pas avoir d'ennuis…

Je m'engage à travers les arbres. Dans cette zone, les sapins sont assez élevés – trop pour être vendus. Ils étaient déjà là lorsque Elijah a acheté la propriété, et il n'a jamais eu le cœur à les couper, même si cela lui permettrait d'étendre son exploitation. L'un d'eux, surtout, domine tous les autres. Elijah le surnomme Le Gardien, car il a l'air de veiller sur les lieux. Dans la nuit, le paysage prend une allure féérique, et je me surprends à me demander si cet arbre n'est pas réellement magique…

Alors que je le dépasse, le terrain se fait un peu plus accidenté, et je dois cesser de rêvasser pour regarder attentivement où je mets les pieds. Bientôt, j'entends le son de l'eau qui s'amplifie au fur et à mesure que j'avance. Encore quelques mètres, et j'atteindrai le Little Dee – un torrent bouillonnant qui traverse un vallon étroit. Ralentissant le pas, je cherche un sapin dans lequel me dissimuler.

Bien que j'avance à pas de loup, je ne peux pas empêcher la neige de crisser sous mes semelles, et il me faut un long moment pour atteindre l'arbre que j'ai repéré. Je me tapis du mieux que je peux sous ses branches pour jeter un œil de l'autre côté du vallon. Sous la lumière de la lune, je distingue clairement la silhouette d'un grand bâtiment, derrière une haute clôture grillagée : la fabrique de vêtements ActiveWave. L'entreprise à laquelle la ville doit sa prospérité.

Extirpant mes jumelles infrarouges de mon sac, je m'efforce de trouver une position confortable. La nuit s'annonce longue. D'ailleurs, ce n'est peut-être que la première d'une longue série ! Et je ne sais pas si le temps sera aussi clément la prochaine fois…

Sans parler du fait que tu fais peut-être complètement fausse route, hein ? me souffle une petite voix intérieure perfide. *Si ça se trouve, ActiveWave est tout ce qu'il y a de plus clean.*

Je repousse le doute qui m'envahit. Les eaux du Little Dee sont polluées, et les sources potentielles de contamination ne sont pas nombreuses le long de son parcours.

À moins que quelqu'un ne vienne y déverser quelque chose en douce. Quelqu'un qui n'est pas à proximité immédiate du cours d'eau.

Eh bien, il n'y a qu'un seul moyen de le savoir…

Comme pour me rassurer, une ombre bouge de l'autre côté du vallon. Je braque les jumelles dans cette direction, et je distingue une silhouette qui émerge du bâtiment. C'est manifestement un homme grand, et plutôt massif. Je plisse les yeux. Impossible de distinguer les traits du visage. Mais ici, à Belvidere, tout le monde connaît tout le monde. Et à ma connaissance, il n'y a guère qu'un seul type en ville qui ait une telle corpulence : Rob Clarks.

Mon cœur s'emballe. Cet homme n'est pas n'importe qui : c'est le directeur de la fabrique en personne. Il ne tarde pas à être rejoint par un autre homme, qui tient un chien en laisse. J'identifie sans peine Tony, le gardien de nuit.

Tout à coup, une alarme résonne dans ma tête, et je n'arrive pas à croire que je ne me sois jamais posé la question jusqu'à présent : *pourquoi* un gardien de nuit dans une fabrique de vêtements de sport installée *ici* ? Presque au milieu de nulle part... L'entreprise joue aussi un rôle majeur dans l'économie locale – personne n'aurait idée de lui porter préjudice. En revanche, il y a peut-être quelque chose à cacher !

On se calme, Kris !

Les jumelles braquées vers les deux hommes, je retiens mon souffle. Ils se dirigent vers la clôture qui longe le vallon, juste au-dessus du torrent. Tous deux s'immobilisent en regardant... vers moi ? Instinctivement, je me plaque au sol. Je n'en continue pas moins à suivre leurs moindres faits et gestes, et je constate qu'ils discutent avec une certaine animation. Bien que j'aie toujours adoré le côté sauvage du Little Dee, je ne peux m'empêcher de pester. Le bruit de l'eau et la distance ne me permettent pas de saisir ce qu'ils disent. En revanche, les gestes de Clarks ne laissent aucun doute : ils parlent de quelque chose qui a un lien avec le torrent.

Le cœur battant, je m'attends à les voir franchir la clôture et déverser quelque chose dans l'eau d'un instant à l'autre. Mais ils n'en font rien. Quelques minutes plus tard, ils font demi-tour, visiblement prêts à retourner à l'intérieur. Tout à coup, mon téléphone se met à sonner. Je sursaute violemment, luttant pour retirer mes gants, le saisir et l'arrêter sans attirer l'attention des deux hommes. Une fois que c'est fait, je braque à nouveau les jumelles vers ActiveWave.

Je remarque alors avec une pointe de frayeur que les deux hommes reviennent sur leurs pas, le chien de Tony aboyant dans ma direction. Le son me parvient très étouffé – et j'ai la certitude qu'ils n'ont pas entendu le téléphone. En revanche, mon moment d'agitation a éveillé l'attention de ce fichu molosse. Le souffle court, je les observe pendant un instant qui me semble interminable. Clarks a le regard rivé dans ma direction, scannant ce côté du vallon. Une chance pour moi qu'il ne soit pas aussi bien équipé que moi...

Mon soulagement est de courte durée. Laissant Tony et son chien, Clarks se dirige vers un véhicule garé à proximité. Le suivant avec mes jumelles, je le vois ouvrir le coffre. J'ai compris avant même qu'il n'achève son geste : il sort une arme. Je recule en rampant aussi vite que possible afin de m'extirper du sapin contre lequel je me dissimulais, et je me redresse, faisant demi-tour et me mettant en courir. Derrière moi, un coup de feu résonne. J'ignore où la balle a abouti, et je ne resterai pas plus longtemps ici pour le savoir !

Courant à perdre haleine, je slalome entre les sapins. J'ai les poumons brûlants, mais sous le coup de l'adrénaline, j'arrive à accélérer encore. Sprintant et dérapant, je rejoins ma voiture, et je démarre, m'engageant sur la piste qui redescend vers la route principale.

Le cœur battant à tout rompre, je serre le volant de mes mains tremblantes, tandis que mon vieux 4x4 avance en cahotant.

– Merde, merde, merde !

Je me rends compte que je jure à haute voix. Étrangement, le son de ma voix qui résonne dans mon habitacle me rassure.

Quand mon véhicule quitte enfin la piste pour déboucher sur la route, il fait une embardée. Je parviens heureusement à garder le contrôle, et je ne m'arrête pas. Je jette un coup d'œil dans le rétroviseur : Clarks a une bonne voiture, bien meilleure que la mienne. Je suppose qu'il est resté là-haut à guetter ce qu'il pense être un animal. Mais si Tony ou lui ont aperçu ma silhouette...

Je finis par ralentir, en m'obligeant à prendre de profondes inspirations.

– On se calme, Kris. On n'est pas dans un western. On est à Belvidere. Ici, on fait des randonnées. On ne tue pas les gens, hein ?

Alors que j'immobilise la voiture devant mon chalet et que

je coupe le contact, je me rends compte que je tremble de tous mes membres. Un frisson glacé me parcourt, et je sais que ça n'a rien à voir avec le fait que je me sois allongée sur un sol couvert de neige pendant une bonne heure.

Il me faut un long moment pour arriver à descendre de la voiture et à gagner la porte. À peine entrée, je ferme à clé – une chose que je n'ai pas faite une seule fois depuis que je vis ici. Mon cœur bondit lorsque mon regard saisit une lumière rouge dans le salon, et je manque de hurler. Mon cœur bat encore à toute vitesse lorsque je réalise ce que c'est. Mon répondeur.

J'étouffe un juron. Je ne vais quand même pas me terrer chez moi dans le noir et me mettre à avoir peur de mon ombre ! Allumant la lumière d'un geste rageur, je retire mes chaussures de marche et mon manteau détrempés, et je me dirige vers la salle de bain.

Un bain chaud ne serait pas un luxe après une soirée aussi mouvementée. Mais je me contente d'une douche. Sous le jet d'eau chaude, mes muscles se détendent et mon esprit recommence à fonctionner de façon rationnelle.

En dépit des avertissements d'Elijah, j'ai pris des risques inconsidérés. Clarks et lui se détestent cordialement, principalement parce qu'Elijah refuse que l'on chasse sur les terres qui lui appartiennent. Soit Clarks a pensé avoir affaire à un animal et il a tenté de l'abattre en guise de provocation. Soit il m'a vue décamper et il a tiré en l'air pour me faire peur. Dans tous les cas, il ne peut en aucun cas avoir délibérément tiré *sur moi*. Et en fin de compte, je n'ai toujours pas la moindre preuve qu'ActiveWave est responsable de la pollution du torrent !

Incapable de me coucher et de trouver le sommeil, je me dirige vers la cuisine pour me préparer un lait chaud. Ma tasse fumante en main, je me dirige vers le salon, tombant nez à nez avec mon répondeur. Je me sens toujours vaguement humiliée par la frayeur qu'il m'a causée tout à l'heure, mais je me décide malgré tout à écouter le message.

« Chérie, c'est ta mère. Je viens d'essayer de te joindre sur ton portable. Je doute que tu aies tout à coup une vie sociale – d'ailleurs, je ne vois pas bien comment ce serait possible dans ce trou… Alors je suppose que tu as encore éteint ton portable ou qu'il n'y a plus de réseau… Je n'arrive pas à comprendre que tu t'obstines à te terrer dans ces montagnes. Enfin… Que tu vives au bout du monde, c'est une chose… mais tu pourrais au moins donner des nouvelles de temps en temps. Rappelle-moi. »

Je soupire profondément. Ma mère. C'est *ma mère* qui a tenté de me joindre tout à l'heure. J'ai littéralement failli mourir à cause d'elle, et son message n'est pas loin de m'achever ! Me sentant tout à coup accablée, je finis par aller me coucher.

***

Je suis réveillée par les rayons du soleil, amplifiés par la neige. J'ai oublié de tirer les rideaux hier soir, et heureusement – car il ne doit pas être loin de 10 heures ! Tout en m'habillant rapidement, je jette un regard dehors. Mon chalet est situé un peu à l'écart de la ville, et depuis ma fenêtre, je ne vois que la nature : une vision qui suffit à ce que mon cœur se gonfle de joie. Et à la lumière du jour, je réalise que ma mésaventure de la veille est plus ridicule que dramatique. Voilà ce qu'il en coûte de vouloir jouer les reporters de terrain quand on est habituée à côtoyer le quotidien tranquille d'une petite ville…

Armée d'une tasse de café, je sors pour profiter du calme qui m'entoure. Lorsque je franchis la porte, cependant, mon sourire tombe. Car mon 4x4 est toujours garé là où je l'ai laissé, mais les quatre pneus sont crevés.

3

Lewis

Un soleil d'hiver baigne notre petit groupe, tandis que nous nous recueillons en silence au cimetière. Conformément à mes directives, Matthew n'a pas encore publié le communiqué de presse annonçant le décès de mon grand-père. Cette précaution a permis d'éviter la présence de curieux et de journalistes, et seules quelques personnes ayant compté pour mon grand-père, en dehors des affaires, sont présentes. Le fait de me concentrer sur ces aspects pratiques m'aide à mettre de la distance avec la réalité. Du moins, c'était le cas jusqu'à présent...

Tandis que la voix du prêtre s'élève, je regarde mon père, qui se tient entre ma mère et moi. Bien que je note que ses traits sont tirés et ses épaules tendues, il ne laisse paraître aucun signe visible de chagrin. Mais moi, qui me suis toujours flatté d'avoir hérité de son self-contrôle, je sens une boule me serrer dangereusement la gorge. Refusant de céder à l'émotion, je m'efforce d'ignorer les paroles du prêtre et de détourner le regard de la tombe.

Face à moi, je remarque Moïra, que je n'avais pas revue depuis sa visite en ville. Je ne parviens toujours pas à comprendre par quelle coïncidence extraordinaire elle pouvait se trouver dans mon bureau, me pressant de rendre visite à mon grand-père, précisément ce jour-là. Une part de moi sait que ça n'a pas de sens, mais je ne peux pas m'empêcher de la tenir pour responsable. Aujourd'hui, nous étions censés tous célébrer Thanksgiving en famille, au lieu de quoi…

Le son d'un sanglot refoulé attire mon attention. Près de moi, mon frère tressaille. Je ne saurais pas dire si c'est de froid ou de chagrin. Tout à coup, j'ai une envie de le saisir par le col et de lui hurler de se comporter en homme. Je réalise alors qu'une larme coule sur ma propre joue et je l'essuie d'un geste rageur.

La fin de la cérémonie se déroule dans une espèce de brouillard, et je finis par emboîter le pas de mon père pour quitter le cimetière. Je sens alors une main se glisser sous mon bras. Sursautant légèrement, je découvre le regard inquiet de ma mère :

– Ça va, mon chéri ?

Je me raidis légèrement, l'orgueil piqué.

Bien sûr que *non*, ça ne va pas. Mais en tant que Barrett, je suis capable de faire preuve de maîtrise. Pourtant, je dois me résoudre à admettre que ma gorge est toujours douloureusement nouée, et je me contente de hocher la tête.

Ma mère ne semble pas convaincue. Toutefois, elle n'insiste pas. Au lieu de ça, elle lance un coup d'œil à mon père et ralentit le pas afin de le laisser prendre un peu d'avance :

– Nous traversons tous un moment très difficile. Mais je m'inquiète pour ton frère et ton père. Je pensais que les circonstances pourraient les rapprocher. Et j'ai l'impression que c'est tout le contraire…

Je serre les dents. C'est loin de n'être qu'une impression. Depuis hier soir, Elijah et mon père se sont évités autant que possible. Les rares fois où ils ont dû se trouver en présence l'un de l'autre, ils n'ont échangé ni une parole ni un regard.

Tout à coup, ma mère s'immobilise :

– Lewis… Je me rends compte de ce que je te demande. Mais tu dois faire quelque chose.

Je la fixe avec incrédulité :

– Moi ? Enfin, qu'est-ce que tu veux que je fasse ?

Elle secoue la tête, manifestement aussi perdue que moi.

– Je ne sais pas, chéri. Mais j'ai la certitude que si ton frère rentre chez lui comme ça...

Sa voix tremble, et elle s'interrompt un bref instant avant de finir :

– ... on ne le reverra peut-être plus jamais.

J'étouffe un soupir en réalisant que ma mère en est arrivée à la même conclusion que moi. La disparition de mon grand-père porte un coup terrible à l'équilibre précaire de notre famille. C'était le dernier lien qui nous unissait tous.

Mon regard dérive vers mon père. Le fait est qu'il considère mon frère comme un gamin irresponsable – un avis que j'ai tendance à partager. Malgré tout, je dois admettre qu'il peut manquer de diplomatie. Et il me semble évident que sous le coup du chagrin, il réagit en se montrant plus dur que jamais...

– Je suis désolé, maman. Je ne vois pas ce que je peux faire pour arranger la situation entre eux deux.

– Et entre ton frère et toi ? demande-t-elle avec un sourire triste.

Je tressaille sous le regard qu'elle pose sur moi.

– Je n'ai pas de problème avec Elijah ! Ce n'est pas de ma faute si nous sommes aussi différents...

– Tu es sûr que vous êtes si différents que ça ?

Je contemple ma mère avec surprise. Si je suis sûr ? Cela saute aux yeux ! Il suffit de nous regarder... Bon, nous sommes certes bruns tous les yeux, mais il tient plus du baroudeur et moi du *businessman* dans notre façon de nous habiller. Mes yeux sont noirs tandis que les siens virent couleur noisette les jours de grand soleil.

Comme pour trouver des arguments imparables, je cherche

mon frère du regard, et je ne parviens pas à le trouver. Lorsque je me tourne à nouveau vers ma mère, elle me regarde avec une expression anxieuse.

Vaincu, je pose ma main sur la sienne :

– Très bien. Je vais lui parler.

***

La matinée touche à sa fin quand nous regagnons le manoir. À peine avons-nous franchi le seuil que mon père me fait signe de le suivre. Il m'entraîne en silence vers le bureau de mon grand-père, refermant la porte derrière nous :

– Tu as préparé un communiqué de presse ?

– Il doit être publié à l'heure où nous parlons. J'avais d'ailleurs l'intention d'appeler Matthew, acquiescé-je.

– Bien. Je doute que ton frère te soit d'un grand secours, alors si tu as besoin d'aide pour gérer la situation…

J'ai un bref instant d'hésitation. J'imagine que tout comme moi, le fait d'être dans l'action peut lui permettre d'oublier pour un temps son chagrin. Cependant, je garde à l'esprit que les affaires ont déjà failli avoir raison de sa santé, et je n'ai aucune envie de courir le moindre risque.

– Non, ne t'en fais pas, papa. Je gère.

– Bien. Je te fais confiance.

Alors qu'il fait demi-tour pour quitter la pièce, il se ravise, revenant me serrer brièvement dans ses bras :

– Ton grand-père serait fier de toi.

Il sort précipitamment, me laissant sans voix. Ce n'est pas que nous n'avons jamais fait montre de signes d'affection, mais cela faisait longtemps que mon père ne m'avait pas serré contre lui.

Sentant l'émotion me serrer dangereusement la poitrine, je me saisis de mon téléphone et je me mets au travail. Le reste de la journée n'est qu'une succession de décisions à prendre. Et bien que je sois ravi d'être occupé, je termine la journée épuisé.

La nuit est tombée depuis des heures quand je finis par raccrocher mon téléphone une fois pour toutes et par descendre au rez-de-chaussée. Un calme lourd règne dans le manoir. Mon estomac me rappelle que je n'ai rien avalé depuis le petit-déjeuner, et j'ai tout à coup une pensée pour ma mère. Je me rends compte qu'elle a dû passer la journée seule entre mon père et Elijah. J'imagine que les repas ont été particulièrement pénibles.

La colère s'empare à nouveau de moi. Je sais que mon père n'est pas facile. À sa façon, pourtant, il a avant tout nos intérêts à cœur. Et mon frère n'est pas particulièrement souple non plus. Dire qu'il n'a même pas été foutu d'arriver à une heure décente ! Je ne crois qu'à moitié à son histoire d'embouteillages…

Tout en ressassant, je me dirige vers la cuisine, où je commence à me préparer un sandwich au fromage. Le coupant en deux, je le dépose dans une assiette, et je me dirige vers le grand salon, où j'espère trouver le feu de cheminée allumé. En pénétrant dans la pièce, je me réjouis de voir les flammes éclairer la pièce. Un mouvement attire immédiatement mon attention.

Découvrant mon frère qui se tient près du bar, j'ouvre déjà la bouche pour lui dire ce que je pense de son attitude depuis son arrivée. Cependant, je m'arrête net en réalisant qu'il se sert un verre. Je ne crois pas l'avoir jamais vu boire – ça lui a valu assez de moqueries lorsqu'il était étudiant.

Et lorsqu'il m'aperçoit à son tour, il devient évident que ce verre n'est pas le premier.

– Tiens, mais qui est là ? L'enfant chéri de la famille. Je te sers ?

Je m'approche de lui, inquiet. À moins qu'Elijah n'ait radicalement changé au cours des derniers mois, il est peu probable qu'il réagisse bien à l'alcool.

– Tu as mangé quelque chose ce soir ? demandé-je.

Il se met à rire.

– Laisse tomber le plan du grand frère protecteur. Ça te va pas.

Je saisis son poignet à l'instant où il porte le verre à ses lèvres.

– Je prends un verre avec toi. Mais tu manges quelque chose.

Il jette un regard à l'assiette que je lui mets sous le nez, et finit par hausser une épaule.

– OK, marmonne-t-il.

Je le suis du regard tandis qu'il se saisit de l'assiette et qu'il l'emmène vers le canapé, soulagé de constater qu'il tient encore sur ses jambes. C'est déjà ça.

Bien que je ne sois pas vraiment un grand consommateur d'alcool moi-même, j'ai dans l'idée qu'un remontant serait le bienvenu. Mon propre verre à la main, je rejoins Elijah sur le canapé.

– Grand-père a toujours été un grand amateur de whisky. Celui-là est très rare, d'après ce que je sais, déclaré-je pour rompre le silence.

Elijah se saisit à nouveau de son verre :

– Alors, buvons en sa mémoire.

Je hoche la tête, et je lève mon verre à mon tour, prenant une gorgée. Je grimace immédiatement, tandis qu'Elijah me regarde d'un air moqueur.

– C'est immonde, hein ?

– Ce n'est pas *immonde*. C'est juste que nous ne sommes pas vraiment des connaisseurs, me renfrogné-je.

Il me regarde avec insistance.

– C'est vrai que c'est pas terrible, finis-je par céder.

Il se met à rire.

– Eh bien, on aura au moins réussi à être d'accord sur quelque chose.

J'inspire brusquement, en m'efforçant de conserver mon calme.

– Écoute, je veux bien croire que tu sois bouleversé. On l'est tous, tu sais…

– Le moins qu'on puisse dire, c'est que papa et toi, vous cachez bien votre jeu, balance-t-il.

Je dois faire un réel effort pour ne pas céder à la colère.

– C'est ce qu'on appelle se comporter en adultes, Elijah.

Il se lève, se dirigeant vers le bar pour remplir son verre à nouveau.

– Juger toutes les personnes qui n'adhèrent pas à votre vision de la vie et ne jamais montrer la moindre émotion, c'est plutôt ce que j'appelle se comporter en connards.

Je me redresse, le rejoignant en quelques enjambées pour le saisir par le bras.

– Alors, vas-y. Explique-moi ce que c'est, ta vision de la vie. Jouer les amis de la nature au milieu de la forêt, pendant que ta famille subvient à tes besoins ? C'est un peu facile, tu ne crois pas ? m'écrié-je.

Il se dégage d'un geste brusque.

– Et jouer les fils modèles en répétant tout ce que dit papa sans jamais te poser de question, ce n'est pas facile, peut-être ? Tu ne sais rien de ma vie – pas plus que lui, d'ailleurs.

– Je t'avoue que la vie des écureuils n'est pas vraiment mon sujet de préoccupations majeur ! ricané-je.

– Évidemment. Tu es le digne fils de ton père, toi ! Tu es très occupé à lancer des ordres toute la journée depuis ton bureau. Ça doit être épuisant de faire travailler les gens comme des larbins !

Je recule d'un pas, conscient qu'il est éméché et que moi-même, je n'aurais pas dû boire d'alcool alors que j'ai l'estomac vide. Je parviens cependant à conserver mon calme.

– Tu parles comme un gamin, Elijah. Il serait temps que tu sois confronté à quelques réalités. Si tu étais à ma place…

– Et si tu essayais de te mettre à la mienne, pour une fois ? Tout ce que vous savez faire, papa et toi, c'est me demander – non : *m'ordonner* – de faire ce que vous attendez de moi. Pourquoi tu n'oublierais pas ce qu'il veut, *lui.* Pourquoi tu n'essaierais pas de me comprendre ?

– Je n'ai pas le souvenir que toi, tu aies essayé de comprendre le point de vue de papa. Ni le mien, d'ailleurs.

Il me regarde tout à coup avec une expression indéchiffrable.

– Très bien. Alors, faisons-le !

Je plisse les yeux, peinant à le suivre.

– Quoi ? demandé-je dubitatif.

Il plante son regard dans le mien, avec une assurance que je ne lui avais encore jamais vue.

– Échangeons nos places. Jusqu'à la fin de l'année. Tu vas t'installer chez moi, histoire de voir si « la vie des écureuils » est si tranquille que ça.

Je le fixe longuement.

– Et toi… Tu prendrais ma place à la tête de Barrett & Reese ? avancé-je.

– Et pourquoi pas ? répond-il en haussant un sourcil.

Pourquoi pas ?

J'éclate de rire, ce qui a pour effet de déclencher une violente migraine qui met immédiatement fin à mon hilarité. Et lorsque je croise à nouveau le regard de mon frère, j'y lis un véritable défi qui me pique au vif. Avant d'avoir compris ce que je fais, je m'entends lui répondre :

– Très bien. À compter de demain, toi et moi, on échange nos vies !

En dépit de mon mal de crâne, je me rends compte avec satisfaction que cette fois, il va devoir prendre ses responsabilités et assumer les conséquences de ses actes. Après quoi, il ne pourra jamais plus se plaindre que je ne fais rien d'autre que de donner des ordres.

4

Kristen

– Mais enfin, vous n'allez quand même pas rester là sans rien faire ?

Le shérif Anderson me lance un regard agacé tout en tournant autour de ma voiture.

– Et qu'est-ce que tu proposes, Kris ? Que je convoque le FBI pour relever des traces de genoux dans la neige ? dit-il sarcastique.

Je dois faire un effort monumental pour conserver mon calme. Cole Anderson me connaît quasiment depuis toujours, mais je déteste la façon condescendante dont il s'adresse à moi.

– Et toutes ces traces de semelles ? répliqué-je.

Il plisse les yeux, renforçant mon impression de n'être qu'une gamine capricieuse à ses yeux.

– Des chaussures ActiveWave. La marque que tout le monde porte ici. Y compris toi et moi. Et en 42, ce qui doit être la pointure la plus répandue. Qu'est-ce que tu veux que j'en fasse ?

Je suis sur le point de répliquer qu'on pourrait commencer par vérifier si ce n'est pas la pointure de Rob Clarks. Ou plus vraisemblablement de Tony. *Je parie qu'il lui a demandé de faire le sale travail !* Mais je me vois mal expliquer au shérif ma petite expédition d'hier soir. Aussi, je ravale ma colère, et je me détourne, profondément frustrée.

La main du shérif se pose sur mon épaule.

– Allons, Kris. Des gars qui boivent un coup de trop le soir de Thanksgiving, ça arrive. C'est une plaisanterie stupide, et je te promets que je vais faire savoir en ville qu'il vaudrait mieux que ce genre de mauvaise blague ne se reproduise pas. D'accord ?

J'acquiesce à contrecœur, refusant toutefois de le regarder ou de lui accorder un sourire. Manifestement, ma mauvaise humeur le laisse froid, car il me donne une tape amicale dans le dos.

– Je redescends en ville. Je t'envoie Sam, pour changer tes pneus.

Je le remercie du bout des lèvres, et il retourne vers son véhicule dans lequel il s'engouffre. Ignorant le geste de la main qu'il m'adresse, je tourne les talons et je rentre chez moi en trombes. Arpentant rageusement le salon, je retourne dans ma tête les événements qui se sont produits depuis hier soir.

Peinant à mettre mes idées en ordre, je finis par me planter au milieu de la pièce, et par prendre une profonde inspiration. S'il y a une chose que mes études de journalisme m'ont apprise, c'est à me montrer factuelle.

Je m'applique donc à examiner les choses froidement. Hier soir, je me suis rendue à proximité de la fabrique en espérant surprendre une activité suspecte prouvant que c'est elle la source de pollution du Little Dee. Ce matin, on crève mes pneus. Et entre-temps, on me tire dessus, ou du moins dans la direction où je me cachais.

Je ne peux pas exclure complètement l'idée du shérif… mais je vis dans la dernière habitation avant l'exploitation de sapins d'Elijah. En admettant qu'un gars du coin ait réellement un peu trop bu, je doute qu'il ait réussi à arriver jusqu'ici à pied. C'est paumé ! Or, il n'y a nulle trace de pneus, en dehors des miennes. Si seulement le chasse-neige n'était pas passé ce matin, j'aurais au moins pu savoir dans quelle direction le type qui a fait ça est parti...

– Une chose est sûre : si c'est bien Tony ou Rob qui ont fait ça, c'est qu'il y a quelque chose de pas net...

Je sursaute quand mon téléphone sonne. Constatant que c'est ma mère, je suis tentée de ne faire la sourde oreille. Malheureusement, elle est d'une ténacité redoutable. Aussi, je me décide à décrocher d'une voix que j'espère enjouée :

– Bonjour, maman !

– Je suis ravie que tu daignes répondre.

Je lève les yeux au ciel.

– Maman... Je suis rentrée tard hier. Je n'allais pas rappeler au beau milieu de la nuit...

– Et je suppose que tu as encore passé ta soirée chez Elijah ? C'est un beau parti en dépit de son mode de vie hippie, c'est vrai. Mais si tu n'es arrivée à rien avec lui depuis tout ce temps, tu devrais laisser tomber, non ?

Je manque de m'étouffer.

– Maman, pour la énième fois : Elijah est un ami.

– Alors pour l'amour du ciel, Kristen : qu'est-ce que tu fiches dans ce trou paumé ? À quoi bon être sortie major de promo...

– Maman, s'il te plaît ! On a déjà eu cette conversation une dizaine de fois. Dis-moi plutôt comment vous allez, papa et toi, la coupé-je, exaspérée.

Elle soupire exagérément, avant de me répondre :

– Eh bien, ça peut aller. Mais on ne sera pas éternels, tu sais. On apprécierait que tu vives plus près de chez nous. Que tu sois là pour les fêtes...

Une chappe de culpabilité s'abat sur moi. Avec tout ça, j'ai complètement oublié Thanksgiving ! En même temps, s'ils n'avaient pas décidé de quitter la côte est pour s'installer en Californie, les choses seraient certainement plus simples. Tandis que je rumine, ma mère poursuit :

– ... Et surtout, on aimerait te savoir heureuse !

Autrement dit : me voir faire carrière, me marier et avoir des enfants – la Sainte Trinité selon elle. Renonçant à discuter, j'use d'une feinte :

– J'ai un double appel, maman. Je te rappelle très vite.

– Mais...

– Embrasse papa pour moi. Je vous aime.

Je me laisse tomber sur mon canapé. J'imagine qu'avec des parents qui se rencontrés au lycée et que j'ai toujours vu heureux en couple, j'aurais pu rêver moi aussi de me marier et d'avoir des enfants. Malheureusement, ma seule histoire d'amour notable au lycée n'avait rien d'inoubliable. En réalité, aucune de mes relations n'avait ce petit truc magique. Du moins pas jusqu'à ce que j'arrive à Belvidere et que j'y rencontre Jay – un guide de montagne qui allait d'un coin à l'autre des Appalaches au gré de la demande de ses clients. Et qui avait omis de me préciser que s'il arpentait la montagne à longueur d'été, il n'était pas tout à fait un homme sans attache. Il était même marié.

Je repousse ce souvenir – réalisant avec colère que le sentiment de trahison et de chagrin est toujours aussi vif, et je jette un coup d'œil à mon téléphone. Il n'est pas 11 heures, et je suis déjà épuisée. Mon cœur se serre en réalisant qu'à cette heure-ci, Elijah est sans doute en train de rendre un dernier hommage à son grand-père. Pendant ce temps, je ne peux décemment pas pleurer sur mon sort dans mon salon !

Je suis tirée de mes pensées par le bruit d'un moteur, et j'aperçois le véhicule de Sam – le seul garagiste de Belvidere. Lorsque je sors, il est déjà en train de tourner autour de mon 4x4, en secouant la tête.

Lorsque j'arrive près de lui et que je le salue, il secoue la tête, la mine renfrognée.

– C'est bien ce que je pensais…

Son ton lugubre me fait frissonner.

– Qu'est-ce que tu veux dire, Sam ? demandé-je, inquiète.

Il me regarde d'un air ennuyé, comme s'il hésitait à me livrer le fond de la pensée. Puis, il finit par céder :

– Ce genre de pneus, ça ne se crève pas comme ça. Il faut être bien équipé et savoir ce qu'on fait. Je doute qu'un mec bourré soit capable de les déchirer aussi propre et net. Il faut une sacrée lame, et de la force.

La peur me noue l'estomac : voilà qui élimine l'hypothèse de la mauvaise farce.

– Tu l'as dit au shérif ?

Il hausse une épaule.

– Ouais. Mais tu le connais… marmonne-t-il.

Je me mordille pensivement la lèvre, me répétant une fois de plus que je dois rester factuelle. Ces pneus crevés sont bel et bien un avertissement. Et je ne peux pas compter sur le shérif pour me défendre… Eh bien, il n'est pas question que je me laisse faire !

Abandonnant ma voiture aux bons soins de Sam, je me saisis de mon sac à dos et j'enfile à nouveau mes chaussures de marche. En coupant à travers bois, je suis tout près de l'exploitation de sapins d'Elijah. Je ne devrais pas en avoir pour longtemps à atteindre le Little Dee.

J'avance d'un pas rageur, avec le crissement de la neige sous mes semelles pour seule compagnie. Lorsque j'atteins le vallon qui sépare la propriété d'Elijah du terrain d'ActiveWave, je repère sans mal l'endroit où j'étais tapie la veille. Il y a des traces de pas familières : exactement les mêmes que celles qui étaient autour de mon véhicule vandalisé. Et des traces de pattes de chiens…

Génial. Tony est donc venu ici – de toute évidence sur l'ordre de son patron. J'imagine qu'ils ont d'abord pensé que c'était Elijah qui les espionnait. Mais ça n'a pas dû être bien compliqué de remonter jusqu'à moi…

Longeant le vallon au fond duquel bouillonne le Little Dee, je m'engage vers le nord, avançant de quelques centaines de mètres en amont. Si j'effectue un prélèvement ici, et un autre en aval de la fabrique, je détiendrais déjà un élément qui pointe sérieusement en direction d'ActiveWave.

En dépit de ma détermination, je ne me sens pas tranquille, et lorsque je m'engage sur un chemin qui descend jusqu'au torrent niché au creux du vallon, j'ai même l'impression désagréable d'être observée. Je parviens toutefois à réaliser un premier prélèvement et à remonter. Puis, je reviens sur mes pas.

Lorsque je me retrouve à nouveau face à la fabrique, j'ai de nouveau la sensation que quelqu'un me regarde. Mais j'ai beau plisser les yeux pour essayer de saisir un mouvement, je ne vois rien.

Bon sang, Kris : tu deviens parano.

Je finis par me remettre en route, longeant cette fois-ci le vallon en direction de la route. Il ne me faut pas longtemps pour me retrouver sur le bitume.

À cet endroit, le Little Dee disparaît sous un pont avant de poursuivre sa course plus loin. Penchée sur la rambarde, j'avise une échelle de service – sans doute destinée à l'entretien du pont. J'y descends sans difficulté, et je dépose mon sac au sol, sortant le nécessaire pour prélever un autre échantillon d'eau. Alors que je m'exécute, j'entends du bruit et un frisson glacé me parcourt le dos. Je jurerais que mes cheveux se hérissent sur ma nuque.

Rassemblant mes affaires en toute hâte, je remets le sac sur mes épaules et je me précipite vers l'échelle. Je n'ai plus que quelques échelons à grimper quand une violente détonation éclate derrière moi, suivie d'aboiements. Sans réfléchir, j'accélère ma montée, le cœur battant à tout rompre. Grimpant à toute allure, je me hisse à nouveau sur la route, tandis que des éclats de voix résonnent en contrebas.

Je regarde la route dégagée avec désespoir, réalisant qu'on vient de me tirer dessus. Je suis à pied, désarmée et à près de trois kilomètres de chez moi – et de Sam. À supposer qu'il soit toujours chez moi ! En bas, sur les bords de la rivière, les voix et les aboiements se rapprochent. Je me remets à courir, n'entendant plus que le sang qui bat à mes oreilles. Bientôt, ma vue se brouille, mais je ne ralentis pas pour autant.

Les poumons en feu, je discerne subitement une masse qui fonce droit sur moi. Réalisant juste à temps que c'est une voiture, je plonge sur le côté, tandis que le véhicule fait une embardée. Haletante, je reste au sol un instant, avant de reconnaître la voiture du shérif.

Il sort du véhicule, se dirigeant vers moi pour m'aider à me relever.

– Kris ? Bon sang, qu'est-ce que tu fais là ? m'invective-t-il.

– Je...

Le souffle court, je n'ai pas le temps de m'expliquer. Derrière moi, une autre voix retentit :

– Dieu merci, elle n'a rien !

Je me retourne, tombant nez à nez avec Rob Clarks, flanqué de Tony et entouré d'un petit groupe d'hommes en tenue de chasse. Le shérif les regarde avec une expression ébahie.

– Quelqu'un peut m'expliquer ce qui se passe, ici ?

Clarks avance d'un pas, mais je recule instinctivement et il lève les mains dans un geste d'innocence.

– C'est ce foutu cerf. On l'a perdu près du Little Dee. Cet abruti de Tony a vu un mouvement sous le pont, et il a tiré sans réfléchir.

Je sens mes nerfs dangereusement près de lâcher.

– Ils ont essayé de me tuer ! hurlé-je.

Clarks me lance à peine un coup d'œil et s'adresse au shérif.

– Enfin, Jack, tu sais ce que c'est. Tu es chasseur, toi aussi.

– Et je n'ai pas souvenir d'avoir abattu une de mes voisines !

Clarks est sur le point de protester, mais le shérif lève la main.

– Je vais ramener Kris chez elle. Elle m'a l'air bien secouée. Et vous, vous allez rentrer chez vous.

Un murmure de protestation s'élève dans le groupe. Le shérif Anderson leur lance un regard sévère.

– Je ne veux plus voir un seul d'entre vous avec un fusil avant qu'on ait tiré tout ça au clair, compris ? Tout le monde au poste demain matin, à la première heure !

Il me saisit par le bras, m'entraînant vers sa voiture. Dans le brouillard, je m'installe sur le siège passager. Dans le rétroviseur, je distingue Tony, qui baisse la tête, et le reste du groupe visiblement ébranlé par l'incident. Cependant, Rob Clarks regarde dans notre direction, le visage sombre. Un sourd pressentiment s'empare de moi : quoi qu'il en dise, je *sais* que c'est lui qui a tiré – pas Tony. Et il m'a manquée délibérément. Mais je n'aurais sans doute pas droit à un autre avertissement…

5

Lewis

Je me réveille avec la sensation d'avoir un tambour dans le crâne. Je n'ai jamais été très porté sur l'alcool, ce qui me vaut d'ailleurs de garder l'esprit clair en toutes circonstances. Surtout lorsque j'ai un déjeuner d'affaires important. Je dois pourtant me rendre à l'évidence : j'ai une sacrée gueule de bois, ce matin.

En m'asseyant péniblement dans mon lit, je m'efforce de me souvenir où je suis. Ha oui, le manoir de grand-père… Je reconstitue la soirée et je me souviens du défi de mon frère. Une idée stupide… que j'ai vaguement le souvenir d'avoir accepté. Et nous avons scellé cet accord d'un verre de whisky – encore un… Il a dû être suivi de quelques autres, si je me fie à mon mal de crâne !

Je m'extirpe du lit pour me diriger vers la salle de bain attenante à la chambre, et j'ôte mes vêtements pour me glisser sous la douche. L'eau m'éclaircit un peu les idées. En repensant à la façon dont j'ai accepté de changer de vie avec mon frère, je me sens terriblement embarrassé. C'était une idée puérile, je n'aurais jamais dû entrer dans son jeu… Qu'est-ce qui m'est passé par la tête ?

Tandis que je m'efforce de m'habiller, je dois reconnaître que l'alcool n'est pas forcément le seul responsable de ce geste stupide. Je me rends compte à présent que depuis l'instant où j'ai appris le décès de mon grand-père, une étrange sensation est apparue tout au fond de moi. Je la repousse de toutes mes forces depuis plusieurs jours, mais je dois avouer, qu'en réalité, j'ai une furieuse envie de tout plaquer.

Maintenant que j'y pense, Elijah doit certainement être le plus embarrassé de nous deux. J'imagine qu'il a dû réaliser ce que signifierait *vraiment* échanger nos vies. J'esquisse un petit sourire en songeant qu'à cette heure-ci, il doit faire les cent pas en bas, en attendant que je descende. Comme toujours, il a agi sur un coup de tête, sans mesurer les conséquences de ses actes. Et à présent, il doit compter sur moi pour le tirer de ce mauvais pas.

Eh bien… Je ne lui ferai pas ce plaisir ! À lui de se dépêtrer de là ! Pour le moment, j'ai besoin d'un café.

À l'instant où j'ouvre la porte, je tombe nez à nez avec ma mère, qui s'apprêtait visiblement à frapper :

– Lewis, mon chéri… Tu as une mine épouvantable !

Je réprime une moue.

– Merci, maman.

– Seigneur, tu aurais au moins pu te raser.

Je dois faire un effort pour ne pas lever les yeux au ciel.

– Maman…

– Ton père est déjà dans la voiture. Je crois que ton frère et lui se sont disputés, m'interrompt-elle.

– Déjà ? Ils ne s'arrêtent vraiment jamais ? soupiré-je lourdement.

Elle lève vers moi un regard inquiet.

– Je dois y aller. S'il te plaît, parle à ton frère ! Je sais que tous les deux, vous êtes très différents. Mais la situation est difficile pour lui aussi.

Elle dépose un baiser rapide sur ma joue et fait demi-tour,

avant de se tourner vers moi une dernière fois pour m'adresser un petit signe de la main.

Je la regarde disparaître dans les escaliers. À nouveau, je ressens cette envie sournoise de tout plaquer, de laisser derrière moi les affaires, et surtout notre famille et ses psychodrames. Finalement, je me dirige vers la cuisine, où je découvre Elijah en tête à tête avec une tasse de café.

– Martha n'est pas là ? demandé-je.

Il se retourne, et je constate qu'il a l'air aussi éprouvé que moi par notre soirée trop arrosée.

– Bonjour à toi aussi. Non, Martha n'est pas là. Elle est partie en ville faire des courses… On se demande bien pourquoi.

Je me sers un café en soupirant :

– Je n'aime pas plus que toi que nos parents repartent aussi précipitamment, si c'est ce que tu veux dire. Mais j'ai cru comprendre que ça n'était pas tout à fait sans raison…

– Évidemment. Ça ne peut être que ma faute, hein ? fait-il remarquer en secouant la tête.

– J'ai trop mal au crâne pour me disputer avec toi maintenant.

Avalant une gorgée de café, je vais m'installer face à lui.

– Et à propos d'hier soir…

Je lui lance un coup d'œil, m'attendant à le voir se décomposer. À ma grande surprise, il affiche tout à coup un visage tranquille.

– Ouais. J'y ai réfléchi. Je pense qu'on devrait établir quelques règles. En fait, j'ai même commencé à y penser.

Tout à coup, c'est moi qui ressens un début de panique. Heureusement, le monde des affaires m'a appris à bluffer, et je parviens à afficher un calme apparent. Hors de question que je lui laisse la satisfaction de me voir paniquer.

– Vraiment ? Tu veux dire que tu comptes aller au bout de cet « échange » ? avancé-je l'air de rien.

Il me lance un regard étonné.

– Oui. Bien sûr. Pourquoi ? Tu as peur que je coule l'entreprise familiale ? rétorque-t-il.

Repoussant ma tasse, je le regarde bien en face.

– Non. En fait, je pense qu'il suffirait que tu passes une heure à notre siège pour que tu réalises que les choses sont bien plus compliquées que tu le croies. Et je ne te donne pas une journée pour que tu désertes.

Il secoue la tête, un petit sourire aux lèvres.

– Vois le bon côté des choses. Toi, pendant ce temps, tu pars en vacances à la montagne… Ma vie est si tranquille, si *vide*… N'est-ce pas ? Ça devrait te faire du bien de ne plus avoir à donner des ordres pendant quelques semaines, dit-il avec ironie.

Je me lève brusquement, exaspéré.

– Tu sais quoi ? Tu as raison ! Ça me fera du bien. Mais je te préviens : tu vas prendre tes responsabilités. Il n'est pas question que tu décroches ton téléphone dans deux jours pour me demander de reprendre les commandes !

Il se lève à son tour, soutenant mon regard.

– N'y compte pas ! Et justement, voilà la règle à laquelle j'ai pensé. Tu prends ma place et je prends la tienne, et chacun se débrouille. Aucun de nous ne demande de l'aide à l'autre.

Je l'examine un instant, mesurant sa détermination.

– Tu es conscient que Barrett & Reese est un peu plus qu'une simple affaire de famille ? L'entreprise est devenue une société qui assure des centaines d'emplois… avancé-je.

J'espère qu'il prend bien conscience de ce qu'il est en train de faire. Que « nous » sommes en train de faire.

– Je ne suis pas stupide, Lewis. Je n'ai pas l'intention de faire n'importe quoi. Et pour ton information, mon exploitation est importante pour moi, et pour un certain nombre d'autres personnes. Alors, j'aimerais que tu me promettes de t'impliquer sérieusement, déclare-t-il en penchant la tête pour m'observer.

Je réprime un soupir : je ne vois pas en quoi une exploitation de sapins peut être très compliquée à gérer. Et j'ai beaucoup de mal à admettre qu'il la place sur le même niveau que Barrett & Reese. Toutefois, je ne peux cesser de penser à l'inquiétude de ma mère, angoissée à l'idée qu'Elijah rompe tout lien avec nous. Et je sais que si mon père est aussi dur avec lui, c'est parce qu'il s'inquiète de le voir se comporter en éternel adolescent. S'il faut en passer par là pour qu'il grandisse et qu'il trouve enfin sa place au sein de la famille… *Advienne que pourra…*

Mon père va me tuer !

– Bien. Tu as ma parole.

Il me fixe un instant, comme pour mesurer ma sincérité, avant de me tendre la main. J'hésite une fraction de seconde. Je ressens un instant de vertige en réalisant que je m'apprête à quitter la barre au moment où l'entreprise a le plus besoin de moi.

Et je saisis la main de mon frère.

***

– Tu plaisantes ? Lewis : dis-moi que c'est une blague ?

Je me passe nerveusement la main dans les cheveux.

– Non. Elijah va s'occuper de diriger la société… affirmé-je.

– C'est impossible ! En admettant qu'il en soit capable, on ne peut pas décider de changer la direction d'une société comme Barrett & Reese du jour au lendemain ! me coupe Matthew d'une voix ferme.

– Bon sang, Matt, il ne s'agit pas de changer la direction. Disons que pendant quelques semaines, il va s'occuper de gérer les affaires courantes.

Il y a un instant de silence, avant qu'il ne reprenne d'une voix dans laquelle perce l'agacement :

– Oh. Excuse-moi. Je n'avais pas bien saisi. S'il s'agit juste de gérer les affaires courantes… C'est pas comme si on entamait la période la plus cruciale de l'année pour notre chiffre d'affaires !

Ma mâchoire se crispe.

– Je ne suis pas stupide, Matt. Mais j'ai confiance en notre travail. Et j'ai confiance en toi. Après tout, tu me remplaces chaque fois que je suis absent.

– Si je comprends bien, je suis censé te remplacer, tout en faisant croire à ton petit frère qu'il est aux commandes, c'est ça ? demande-t-il en soupirant lourdement.

Je ressens une pointe de mauvaise conscience, car j'imagine que ça ne colle pas tout à fait aux règles établies par Elijah et que j'ai accepté. Mais je dois penser aux intérêts de la société et de ses employés.

– C'est ça.

– Génial. Et je suppose que je vais donc devoir veiller à te contacter furtivement pour qu'il ne se doute de rien ? grommelle Matt.

Je me racle la gorge, mal à l'aise.

– Non, en fait… on ne va pas se contacter.

– Quoi ?

– Enfin… on peut se contacter en tant qu'amis. Mais jusqu'à la fin de l'année, je ne peux plus m'impliquer dans la direction de la société. D'ailleurs, on a prévu d'échanger aussi nos téléphones.

Le silence au bout du fil me semble interminable. En dépit de l'amitié qui nous lie depuis tant d'années, je crains un instant qu'il ne jette l'éponge.

– C'est de la folie furieuse, Lewis. Professionnellement, je désapprouve. Mais en tant qu'ami, si c'est vraiment ce que tu veux, je vais le faire.

Je ferme les yeux, tout à coup soulagé.

– Merci, Matt.

Il grommelle encore, avant de m'interroger :

– Et pour cette Moïra ?

– Tu as du nouveau sur son compte ?

– Pas encore. Mais j'ai demandé à notre service juridique de mettre notre enquêteur privé sur le coup.

– Eh bien, ce sera à Elijah de gérer.

– Et toi ? Qu'est-ce que tu vas faire pendant ce temps ?

Je reste un moment silencieux, avant d'admettre :

– Je n'en ai pas la moindre idée. Je n'ai jamais foutu les pieds dans une exploitation de sapins. Je suppose que ce fameux Chris pourra me briefer.

– Chris ?

Je hausse les épaules.

– Ouais. Apparemment, Elijah lui laisse les clés de son exploitation chaque fois qu'il s'absente. Ça doit être son bras droit.

Au bout du fil, mon ami éclate franchement de rire :

– Tu es en train de me dire que tu vas me remplacer par une espèce de bûcheron ?

C'est à mon tour de soupirer. Dit comme ça forcément…

Dans quoi je me suis embarqué ?

6

Kristen

Après ma mésaventure d'hier soir, j'ai à peine fermé l'œil, et ça n'est pas plus mal. Cela m'a évité d'être réveillée en sursaut par des coups énergiques frappés à ma porte. Quand le shérif Anderson déclarait vouloir voir tout le monde au poste à la première heure, ça n'était manifestement pas une simple façon de parler : son adjoint, Ben Cole, a débarqué chez moi à 7 heures précises.

Embarrassée, je lui ai servi un café, et je m'active à présent pour m'habiller. Bien que je sois à l'étage, dans le confort douillet de ma salle de bain, un frisson désagréable me parcourt le corps lorsque je me déshabille pour me changer pendant qu'il est sous mon toit.

Je connais Ben depuis l'époque où mes parents et moi venions en vacances ici. Nous sommes sensiblement du même âge et à l'époque, toutes les filles étaient déjà dingues de lui. J'ai vaguement su qu'il était parti à la fac – et il en est revenu auréolé de gloire en tant que capitaine de l'équipe de football. Je n'ai jamais su ce qu'il avait étudié, et pour cause : je déteste ce type et son petit air suffisant.

Réprimant mon malaise, je finis d'enfiler mes vêtements, j'attache rapidement mes cheveux blonds en une queue de cheval, et je redescends précipitamment. Je trouve Ben devant la fenêtre du salon, scrutant l'extérieur :

– Dis donc... Tu es drôlement isolée, ici.

Je me raidis, sur mes gardes, tandis qu'il se tourne vers moi :

– Je devrais peut-être passer le soir, par sécurité.

Je me crispe encore plus, sur la défensive :

– Inutile de te déranger. Elijah habite tout près, et il devrait être rentré dans la soirée.

En réalité, je doute que mon ami soit de retour avant demain, mais Ben n'est pas obligé de le savoir.

– Elijah est sympa, mais si tu comptes sur lui pour te protéger... ricane-t-il.

Il n'en dit pas plus, mais il m'adresse un sourire entendu.

Elijah n'est pas un gringalet, loin de là. Le grand air et les efforts fournis pour la taille et la coupe de sapins lui ont conféré une musculature bien présente, mais pour autant, on lui fait toujours ressentir qu'il n'est pas « vraiment » du coin. Il n'est pas né ici. Et ça, pour la plupart des habitants c'est un fait toujours impardonnable.

Je m'efforce de lui sourire en retour, réalisant tout à coup que ce crétin prétentieux pourrait avoir des informations utiles.

– Me protéger de quoi ? D'après le shérif, ma voiture a été vandalisée par un type qui avait trop bu, non ?

Je suis déçue de le voir acquiescer.

– C'est le plus probable, oui.

– Le plus probable ? Tu veux dire que le shérif n'a même pas enquêté ?

– Il m'a chargé de le faire. Il y a effectivement des gars qui ont un peu trop picolé.

Mon cœur bondit.

– Quels gars ?

– La bande de Colin.

Je ne peux pas retenir une exclamation. Je connais Colin

– c'est un gentil garçon, qui a quitté Belvidere pour aller à la fac cette année, et qui est revenu pour les vacances avec des amis.

– Ce sont des gamins !

Il hoche la tête, visiblement content de lui.

– Et vu la façon dont ça a tourné au bar, chez Joey, ils doivent plus profiter des soirées étudiantes que des cours. Ma main à couper que c'est l'un d'eux qui a crevé tes pneus. Malheureusement, je n'ai pas de quoi le prouver.

Je réfléchis à toute vitesse. Ça ne colle pas du tout avec l'opinion de Sam... Cependant, je me garde de tout commentaire, et j'emboîte le pas de Ben.

Bien que le poste soit tout près, je n'ai aucune envie de faire le trajet avec lui.

– Dis, tu crois que ça va être long avec le shérif ?

– Oh, une bonne heure, dit-il en haussant une épaule.

Je fais mine d'être horrifiée.

– Une heure ? Je vais être en retard pour mon rendez-vous.

Il me lance un coup d'œil suspect.

– Quel rendez-vous ?

– Une interview pour mon blog, réponds-je du tac au tac.

Avec un aplomb qui me surprend moi-même, j'attrape mes clés avant de déclarer :

– Je suis désolée de t'avoir fait attendre pour rien, Ben. Je crois qu'il vaut mieux que je prenne ma voiture.

Il me toise un instant.

– T'en fais pas. Et puis, tu fais un bon café, finit-il par répondre.

***

Quand je quitte le poste, je prends une grande bouffée d'air frais. J'ai la certitude d'avoir perdu mon temps. Alors que je m'attarde au soleil, je remarque que les personnes qui passent dans la rue me lancent des coups d'œil curieux.

Génial. J'imagine que tout le monde est au courant de « l'incident d'hier », comme dit le shérif. Je me renfrogne. D'ici ce soir, tout le monde connaîtra la version officielle : celle de l'accident de chasse évité de justesse…

– Mademoiselle Chestfield ?

Je tressaille violemment en découvrant Tony qui se tient près de moi.

– Désolé. Je voulais pas vous faire peur.

Je relève le menton, déterminée à ne pas reculer devant lui.

– Qu'est-ce que vous voulez ?

– Je tenais à m'excuser pour hier. Je ne sais pas comment ça a pu arriver, dit-il en se raclant la gorge.

Je le détaille avec une certaine curiosité. Sous ses airs rustres, c'est un bon comédien : je pourrais presque croire à sa sincérité.

– Eh bien, vous allez pourtant devoir l'expliquer au shérif.

Il hoche tranquillement la tête, et je me détourne, prête à partir. Finalement, je me ravise, et je retourne me planter devant lui.

– J'espère que Rob Clarks vous verse une belle prime de fin d'année. Parce que vous allez avoir de gros ennuis à cause de lui.

Il ne bronche pas, se contentant de me fixer.

– Je vois pas ce que vous voulez dire… Mais peut-être que votre voisin vous a un peu trop monté la tête. Il a toujours détesté monsieur Clarks, avance-t-il.

– Elijah ? Qu'est-ce que…

Je suis interrompue par la porte du poste qui s'ouvre à la volée, livrant passage au shérif Anderson.

– Tu es en retard, Tony !

Il se tourne vers le shérif.

– Désolé. J'ai croisé mademoiselle Chestfield et je voulais juste m'excuser.

Le shérif hoche la tête, appréciant visiblement la démarche.

– Bien. Mais on va quand même devoir parler, toi et moi.

Tony opine du chef, me saluant ostensiblement avant de rejoindre le shérif. Alors que la porte se referme sur eux, je ressens une furieuse envie de hurler pour exprimer ma frustration.

Tandis que je me dirige vers ma voiture, je suis tentée de me rendre chez Joey, afin d'en apprendre un peu plus sur la soirée agitée qui s'y est déroulée avec Colin et sa bande de copains. Mais dans l'immédiat, il me semble plus urgent de prévenir Elijah de ce qui se passe. Apparemment, je me suis si bien débrouillée qu'il va se retrouver entraîner dans toute cette affaire malgré lui.

Comme s'il avait besoin de ça en ce moment… Bien joué, Kris !

Une fois installée dans ma voiture, je rassemble mon courage pour l'appeler. À ma grande surprise, il décroche dès la première sonnerie :

– Salut, Kris !

Je reste interloquée par sa voix, dans laquelle je perçois une étrange urgence :

– Tu vas bien ?

– Oui. Justement, j'allais t'appeler.

– Vraiment ?

– J'ai quelque chose d'important à t'annoncer.

– Toi aussi ?

Il hésite une fraction de seconde.

– Comment ça ? demande-t-il.

– Rien. Laisse tomber, on en parlera quand tu seras rentré.

Il y a un instant de flottement avant qu'il ne me réponde.

– Justement. Je ne rentre pas.

J'ai l'impression de recevoir un choc violent.

– Comment ça, tu ne rentres pas ? m'exclamé-je.

– Je ne sais pas trop comment te l'expliquer…

L'angoisse me noue l'estomac. Je réalise tout à coup qu'Elijah est la seule personne sur qui je compte vraiment, et que je ne me serais sans doute pas attaquée à ActiveWave sans avoir la certitude qu'il serait bientôt là pour me soutenir.

– Me dire *quoi* ?

Je l'entends prendre une inspiration.

– Je vais prendre la direction de Barrett & Reese.

Il me faut un instant pour que mon cerveau traite cette réponse, qui me coupe littéralement le souffle. Puis, j'éclate de rire.

– Bon sang, si tu savais ce que j'ai eu peur !

– Je suis sérieux, Kris.

Tout à coup, j'ai l'impression que mon cerveau ne répond plus.

– Enfin… tu ne peux pas… bredouillé-je.

– Je sais que ça peut sembler dingue, mais il faut vraiment que mon frère comprenne.

Son *frère* ?

– Mais qu'est-ce que ton frère vient faire là-dedans ?

Il se racle la gorge.

– Justement. C'est là que tu entres en jeu. Mon frère va prendre ma place.

L'espace d'un instant, je crains qu'il n'ait véritablement perdu les pédales.

– Attends, que je comprenne : tu vas prendre la direction de la société de ta famille… et ton frère va prendre celle de l'exploitation ?

– Oui. Jusqu'à la fin de l'année.

– Et moi, je suis censée faire quoi ?

– Eh bien… comme j'ai toujours pu compter sur toi… si tu pouvais le briefer un peu… t'assurer qu'il ne fasse rien de catastrophique… Tu vois ?

Je m'efforce de faire redescendre mon rythme cardiaque en respirant calmement.

– Ce que je vois, c'est que tu n'es pas dans ton état normal, avancé-je.

– Kris…

– Non. Elijah : je ne sais pas d'où sort cette idée, mais elle est absurde. Et je doute qu'un type comme Lewis te laisse les commandes de sa précieuse société. En plus, tu l'imagines ici ? *Lui* ? De ce que tu m'en as dit, il n'est pas du genre branché nature.

– *Non,* je ne l'imagine pas à Belvidere. C'est bien pour ça que j'ai besoin de toi. Tu veux bien m'aider ?

– Tu ne m'écoutes pas, Elijah !

– S'il te plaît…

Je soupire.

– Bien. Je te promets que si ton frère te laisse les clés de son bureau et qu'il débarque ici, je ferais de mon mieux pour que tout se passe bien.

– Merci.

La sincérité et le soulagement dans sa voix ont beau me toucher, j'ai une furieuse envie de le traiter de crétin. J'ai la certitude que jamais son frère ne mettra un pied ici. Et c'est très bien comme ça ! Je doute qu'un type dans son genre, qui ne porte que des costumes sur mesure et qui n'a sans doute jamais rien fait de ses dix doigts, survive à un hiver dans les Appalaches. Quant à moi, je sais, pour avoir croisé assez de fils à papa à la fac, que je ne le supporterai pas longtemps.

7

Lewis

Tandis que je prends la route, je dois reconnaître que je suis tenté d'enfreindre les règles et de faire un détour par mon domicile, afin de récupérer quelques affaires. En effet, suivant notre accord, Elijah et moi échangeons *complètement* nos vies – ce qui inclus aussi d'échanger nos affaires personnelles. Et j'ai un peu peur de ce qui m'attend dans les Appalaches, quand je vois la dégaine que j'ai avec les vêtements de montagne qu'il m'a passés ! Heureusement, nous avons à peu près la même taille et la même carrure. En même temps, je ne vois pas bien ce que je pourrais récupérer chez moi qui me serais utile dans ce trou paumé.

Je me contente donc de prendre la direction de l'aéroport de Newark. Je dépose rapidement la voiture de location d'Elijah, et je jette maladroitement le sac à dos qui lui sert manifestement de bagage sur mon épaule pour pénétrer dans le terminal.

Sans réfléchir, je me dirige vers le salon VIP. C'est en saisissant mon téléphone pour présenter ma carte de membre que je réalise que ce n'est pas le mien, mais celui d'Elijah. Autrement dit, je ne dispose plus du précieux sésame qui permet d'attendre son vol dans un environnement calme et *cosy*. Si je me fie au regard stupéfait que m'adresse l'hôtesse d'accueil, ça n'est pas plus mal : il est évident que je n'ai pas vraiment le look d'un homme d'affaires habitué à voyager en classe *Business,* avec cette tenue et ce sac informe sur l'épaule.

En maugréant, je me mets en quête d'un endroit tranquille où m'installer pour explorer le portable de mon frère – *mon* portable à compter d'aujourd'hui. Et je me rends vite compte que c'est une mission impossible : le terminal me fait l'effet d'une ruche bourdonnante. En désespoir de cause, je décide de me rendre directement à la porte d'embarquement.

Je fronce les sourcils en découvrant le nom de la compagnie : jamais entendu parler. Génial. Non seulement je m'apprête à voyager en classe éco, mais en prime, sur un appareil dont le confort doit être réduit au strict minimum !

Je suis tiré de mes pensées par la sonnerie du téléphone. Je tressaille – il faut croire que mon frère n'est pas le type le plus populaire de la terre, car c'est le premier appel que je reçois… Enfin, qu'*il* reçoit… depuis que j'ai quitté le manoir. Un curieux mélange de stress et d'excitation s'empare de moi au moment où je consulte l'écran.

Cependant, mon enthousiasme cède le pas à l'appréhension lorsque je constate qu'il s'agit de ma mère. À peine ai-je décroché qu'elle enchaîne direct.

– Lewis, pour l'amour du ciel. Qu'est-ce que c'est que cette histoire ? C'est sérieux ?

– J'en conclus que tu as parlé à Elijah… Oui, c'est tout à fait sérieux, maman.

… même si une part de moi n'arrive toujours pas à réellement y croire !

Ma mère reste silencieuse un instant. Puis, elle laisse échapper un curieux petit soupir :

– Eh bien, il ne reste plus qu'à faire en sorte que votre père ne soit pas au courant de votre arrangement.

Je reste interloqué :

– Et c'est tout ?

J'ai le vague sentiment que ma mère est sur le point de me répondre quelque chose, mais qu'elle préfère s'abstenir.

– Vous êtes adultes. Et je pense que l'expérience vous sera profitable à tous les deux.

Elle a bien dit… « à tous les deux » ?

– Je compte bien profiter de mes vacances. Et j'espère effectivement qu'Elijah va en retirer quelque chose, ricané-je, l'orgueil piqué au vif.

– Ne le prends pas mal, chéri, mais ce n'est pas pour lui que je suis la plus inquiète.

Mon sang ne fait qu'un tour et je suis prêt à répliquer, mais elle baisse tout à coup la voix.

– Ton père arrive. Je vais m'arranger pour le tenir à l'écart – bonne chance, mon chéri.

Alors qu'elle raccroche, je ne suis pas loin d'éclater de rire. « Bonne chance » ? Mais enfin, quelle vie peut bien mener Elijah, d'après elle ? Bon sang : il passe son temps dans un chalet à regarder pousser ses sapins ! Tout ce que je risque, c'est de trouver ça long !

Lorsque je prends place dans mon siège – heureusement situé côté hublot – je grimace à l'idée de passer un peu plus de deux heures dans cet espace exigu. Ma mauvaise humeur monte d'un cran lorsque je constate que bien que le vol ne soit pas complet, un homme s'installe dans le siège voisin.

Je me détourne, attendant impatiemment le moment du décollage. Finalement, l'appareil se met en mouvement, et il ne tarde pas à s'élancer sur la piste et à prendre son envol. Il ne faut pas longtemps pour que je regrette de ne pas avoir exigé de pouvoir emporter mon ordinateur portable. Encore qu'il ne m'aurait pas servi à grand-chose, puisque je ne suis pas censé gérer quoi que ce soit au cours des prochaines semaines.

Remuant dans mon siège, je finis par bousculer mon voisin, qui me lance un regard curieux.

– Désolé.

Il m'observe un instant avant de m'adresser un petit sourire suffisant :

– Mal de l'air, hein ?

Je hausse un sourcil : le mal de l'air ? Si on cumule tous mes voyages d'affaires, j'ai facilement dû faire le tour du monde une demi-douzaine de fois. Je me contente toutefois de lui adresser un petit sourire crispé, peu désireux d'engager la conversation. Afin de me donner une contenance, je me saisis du téléphone portable de mon frère.

Lorsque je le déverrouille, je sursaute en découvrant un selfie en fond d'écran – Elijah et une jeune femme blonde, visiblement sur un sommet après une randonnée. Brandissant le téléphone d'une main pour prendre la photo, il a passé le bras autour de ses épaules, tandis qu'elle le tient par la taille, et tous deux affichent un sourire radieux.

Mon frère a une petite amie ?

Voilà un « détail » qu'il a omis de me préciser ! Et je dois reconnaître qu'elle est plutôt séduisante. Son corps mince et tonique laisse deviner qu'elle est sportive, et elle a un sourire à couper le souffle. Je n'arrive pas à comprendre qu'Elijah n'ait pas fait allusion à elle. À moins que…

Mon esprit s'emballe. Elijah ne m'a pas parlé d'elle et il s'est engagé à rester à New York pendant plusieurs semaines : j'en conclus qu'ils ont rompu. Pourtant, il a conservé cette photo en fond d'écran. Je suppose que cela ne peut signifier qu'une chose : il a toujours des sentiments pour elle. C'est donc sans doute *elle* qui a rompu.

Je serre les dents. Il aurait quand même pu me briefer ! Je n'ai aucune envie de devoir affronter une ex-petite amie, aussi charmante qu'elle soit ! À cette seule idée, je suis pris de nervosité, et je recommence à remuer sur mon siège, m'attirant un nouveau regard compatissant de mon voisin. Je m'empresse de me détourner, faisant mine de me plonger dans la contemplation des nuages.

J'y crois pas – j'ai toujours évité soigneusement les psychodrames dans ma propre vie privée, ce n'est pas quand même pas pour devoir faire face à ceux de mon frère !

En même temps, ce n'est pas compliqué d'éviter les psychodrames avec une vie privée d'un vide sidéral, hein ?

Cette prise de conscience provoque une vague d'amertume. Je dois le reconnaître : d'une certaine façon, j'envie tout à coup Elijah. Manifestement, son histoire d'amour est terminée. Mais en effet, c'est toujours mieux que le néant de ma propre vie privée. La seule femme avec laquelle j'ai entretenu un semblant de relation ces derniers temps, c'est…

Merde ! Dana !

Je me rends compte que je ne l'ai pas prévenue que je quittais New York. Et je n'ai pas parlé d'elle à Elijah non plus… Cela dit, elle n'est pas du genre envahissant. On se voit exclusivement quand je l'appelle. Je doute qu'elle vienne frapper à ma porte – enfin, à la porte d'Elijah. Et si elle le fait… eh bien, il n'aura qu'à se débrouiller. Après tout, qui sait ce qui m'attend avec son ex ?

Perdu dans mes pensées, je suis surpris d'entendre une voix annoncer notre atterrissage imminent. Je me penche avec curiosité pour tenter d'apercevoir le paysage, et je sens un frisson glacial me parcourir le dos. En dessous de nous, j'aperçois une petite ville flanquée d'un aéroport ne disposant visiblement que d'une seule piste. Et rien d'autre qu'une étendue d'arbres à perte de vue, et des montagnes au loin.

***

Le vieux sac à dos sur l'épaule, j'avance lentement à travers le parking. D'après les indications d'Elijah, son véhicule type pick-up devrait se trouver par ici. J'arpente l'allée dans un sens, puis dans l'autre, mais le seul pick-up que je croise est un modèle qui doit bien avoir quinze ans, et qui a manifestement vécu. Agacé, je sors le portable, en quête du texto contenant les infos pratiques que mon frère m'a données.

– C'est une blague ?

Malheureusement pour moi, la suite de chiffres et de lettres qui apparaissent sur l'écran ne laisse aucune place au doute : le vieux pick-up devant lequel je me trouve est bien celui que je cherche. Armé de la clé, je ressens encore un mince espoir… malheureusement, elle ouvre bien la portière.

En m'installant au volant, je lance un coup d'œil à l'intérieur de l'habitacle. Il a connu des jours meilleurs, mais je dois au moins admettre qu'il est d'une propreté irréprochable. Cependant, je ne vois pas de GPS. Je n'ai plus qu'à m'en remettre à mon téléphone. Alors que je m'en saisis, je réalise que le texto est toujours affiché. Et je remarque qu'il contient une autre info : *Appeler Kris à ton arrivée.*

Je hausse un sourcil. Kris ? J'imagine que c'est son associé. Il s'appelle donc Kristoffer, et non Christopher. Un prénom qui fleure bon les origines scandinaves… Matt avait sans doute raison : je vais tomber sur un authentique bûcheron ! Dépité, je branche l'appli GPS, je mets le contact, et je quitte l'aéroport en direction de Belvidere.

Une demi-heure plus tard, je me retrouve sur une route cheminant à travers une forêt dense, et je me rends compte que je pourrais tout aussi bien me passer de GPS : manifestement, il n'y a pas moyen de se tromper de direction, puisqu'il n'y a pas le moindre embranchement. La pente ne tarde pas à s'accentuer. Bientôt, j'entame une ascension sous les arbres, sans la moindre habitation en vue, avec le pick-up qui peine à monter.

Je repense aux multiples articles que j'ai pu lire sur les bienfaits de la nature pour apaiser le stress, et je me mets à rire. Apaiser le stress, tu parles ! J'ai l'impression que les arbres avancent vers moi, prêts à faire disparaître la route et à m'engloutir. Ce sentiment augmente au fur et à mesure que l'asphalte défile. Bientôt, mon cœur s'emballe dangereusement, et je finis par donner un coup de volant pour immobiliser le pick-up sur le bas-côté.

Quittant le véhicule, je descends précipitamment, et j'aspire une bouffée d'air glacé. Bon sang, je suis connu pour avoir un sang-froid à toute épreuve ! Je ne vais quand même pas faire une crise d'angoisse ici, au beau milieu de nulle part ?

Ou peut-être bien que si. Car tout à coup, je prends conscience de ce que j'ai fait. J'ai quitté New York en laissant les clés de la société à mon frère – un gamin qui n'a pas le moindre sens des réalités et qui ne connaît rien aux affaires ! *Mais qu'est-ce que j'ai fait… ?* Et je me trouve au beau milieu de nulle part, dans une forêt qui offrirait le cadre parfait pour un bon vieux film d'horreur.

Aussi douloureux que ce soit pour mon ego, je dois me rendre à l'évidence : mon cœur cogne de plus en plus violemment dans ma poitrine, et mon pouls s'emballe. Alors que je m'accroupis, prenant de profondes inspirations, le ciel se couvre et une première bourrasque souffle, bientôt suivie par de la neige. Je me redresse, et je me précipite pour me réfugier dans le pick-up. L'averse de neige glacée a le mérite de m'avoir permis de reprendre mes esprits. Malheureusement, je suis aussi gelé jusqu'aux os, et si je me fie au GPS, il me reste encore près de trente minutes de routes pour atteindre ma destination. Après quoi, je devrais encore mettre la main sur ce Kristoffer.

8

Kristen

Je jette un coup d'œil maussade en direction de l'extérieur. Le ciel est couvert, et il est évident que le temps va très mal tourner d'ici la fin de la journée. Je cherche mon téléphone du regard, tentée de rappeler Elijah pour le prévenir de ne pas traîner en route. J'ose espérer qu'il a retrouvé la raison et qu'il a bien pris son vol ! Je lève les yeux au ciel, agacée par ma propre attitude. J'ai toujours eu tendance à le considérer comme mon petit frère, mais après tout, c'est un grand garçon ! Il arrivera bien à retrouver le chemin de la maison, même s'il est surpris par le mauvais temps…

Tout à coup, l'appareil se met à vibrer, m'annonçant un nouveau message. Mon cœur se met à battre plus vite quand je réalise que c'est le laboratoire auquel j'ai confié les échantillons que j'ai prélevés dans le Little Dee qui m'informe que les résultats sont prêts.

Je me précipite vers mon ordinateur, et je me connecte rapidement au site du labo, entrant mes codes d'accès. Je laisse échapper une exclamation de surprise en découvrant un document de plusieurs pages. Et apparemment, le laboratoire part du principe qu'on a tous un doctorat en chimie, car il n'y a pas de synthèse !

M'armant de courage, je me mets à explorer le document. Au terme de plusieurs relectures, j'en ai extrait une info de taille : les eaux du Little Dee contiennent un taux élevé de PFC, ce qui est visiblement anormal… bien que je n'aie pas la moindre idée de ce que ça signifie réellement !

J'ouvre donc le moteur de recherche, et les résultats ne se font pas attendre. Je parcours rapidement plusieurs articles, relevant les passages qui me semblent les plus pertinents :

Les PFC, ou composés perfluorés… largement utilisés par l'industrie des vêtements… principalement pour assurer l'étanchéité des vêtements de ski et de pluie…

Mon cœur bondit. C'est donc bien ActiveWave qui est responsable de la pollution des eaux ! Poursuivant ma lecture, je tombe sur un article datant de 2015, dont le titre est éloquent :

Les scientifiques appellent à éliminer des produits contenant du PFC, en particulier dans les textiles.

Je me lève et je me mets à faire les cent pas au milieu de mon salon.

ActiveWave est une marque connue à travers le monde, car elle sponsorise plusieurs athlètes de l'équipe nationale. D'ailleurs, si elle a conservé la fabrique de Belvidere, elle possède plusieurs autres sites à travers le pays. J'ai donc sans doute mis le doigt sur un scandale qui pourrait avoir un retentissement national.

… et potentiellement ruiner l'économie locale, si la fabrique venait à fermer, tu le sais.

Je m'immobilise, pétrifiée par le dilemme. Je ne me pardonnerais pas de ruiner Belvidere. Mais si je me tais, je mets la santé de tous les habitants en danger.

Je me mordille pensivement la lèvre inférieure. Ce n'est pas comme ça que j'imaginais le premier scoop de ma carrière. Je pourrais le publier sur mon blog et faire le *buzz*… ou publier un article qui passera inaperçu – à part ici même. Dans ce cas, je n'aurais plus qu'à faire mes valises, avant un nouvel « accident de chasse » !

– OK. C'est le moment de prendre une décision, Kris.

Je finis par me laisser tomber sur mon canapé. Je ne connais qu'une personne qui pourrait donner l'ampleur nécessaire à cette info. Stuart Mitchell – le beau gosse le plus en vue de la fac. Je gémis à la seule idée de devoir le contacter.

Ce type n'était pas vraiment l'étudiant le plus brillant de notre promotion, mais il savait se vendre. Au point d'être devenu l'un des noms les plus en vue d'une chaîne nationale basée à New York. J'ai toujours absolument *tout* détesté chez ce type : son sourire suffisant, sa façon de déshabiller les filles du regard, sans parler de sa voiture de sport d'un rouge criard tellement cliché que c'en était comique.

Je dois faire appel à toute ma détermination pour me saisir de mon portable, en espérant qu'il n'ait pas changé de numéro. Je frissonne désagréablement tandis que les sonneries se succèdent. L'espace d'un instant, j'espère même qu'il ne décroche pas.

– Stu Mitchell.

Stu ? Sérieusement ? Je lève les yeux au ciel, et je me racle la gorge, en m'efforçant de parler d'une voix neutre, à défaut d'être enjouée.

– Salut… *Stu.* C'est Kristen Chestfield.

À ma grande surprise, il me répond sans hésiter, d'un ton manifestement ravi.

– Hé, Kris ! Dis-moi, tu as mis du temps à m'appeler.

Je fronce les sourcils un instant. Puis, je me souviens du jour où j'ai pris son numéro. On était en fin de dernière année, et je n'avais pas trouvé d'autre échappatoire que de promettre de l'appeler pour sortir avec lui « un de ces soirs » pour qu'il me fiche la paix.

– Mais je ne suis pas rancunier. Où veux-tu dîner ? Je…

Je le coupe :

– Que les choses soient claires, Stuart. Je te contacte à titre professionnel. D'ailleurs, maintenant, je vis en Illinois – ça fait un peu loin pour un rencard.

Il marque une pause et éclate de rire :

– Mais qu'est-ce que tu fous en Illinois ? Tu t'es reconvertie dans la chasse à l'ours ?

Je réprime une furieuse envie de le traiter de crétin. Mais je sais d'expérience qu'il ne faut surtout pas réagir – cela ne fait que l'amuser.

– En fait, j'ai un scoop.

– Vraiment ?

Je frémis en notant un léger changement dans sa voix. Bien qu'il semble toujours parler avec décontraction, je sens qu'il est intéressé. Je lui expose donc l'affaire, en m'efforçant de paraître aussi objective et pro que possible. Il n'a pas besoin de savoir que je suis viscéralement attachée à Belvidere.

Lorsque j'ai terminé, il reste silencieux un instant, avant de me demander :

– Et c'est tout ?

Je me tends en percevant une note de déception dans sa voix.

– Comment ça : « c'est tout » ? Tu ne m'as pas écoutée, ou quoi ? Je te dis que l'une des plus grandes marques de vêtements de sport pollue…

Il me coupe :

– Un bled paumé en Illinois ?

– Une *ville* qui s'appelle Belvidere, ainsi qu'un espace naturel qui devrait être préservé. Et si ActiveWave pollue ici, ses autres sites de productions ne doivent pas être irréprochables non plus.

– Le problème, c'est que tu n'en sais rien. Tu n'en as pas la moindre preuve.

Je ferme les yeux, m'efforçant de conserver mon calme.

– C'est précisément pour ça que je te propose d'enquêter.

– Non. Désolé, Kris. Je ne mets pas une équipe sur le coup pour si peu.

Si peu ?

– ActiveWave est en train de pourrir une vallée entière dans les Appalaches…

– Écoute, si tu n'as pas mieux à faire, continue à jouer à Erin Brockovich[1] à la montagne. Mais tu perds ton temps. Et tu me fais perdre le mien, me coupe-t-il d'un ton sec.

Je tente de protester, mais je n'ai pas le temps d'articuler un mot.

– Et rappelle-moi quand tu passes par New York. Tu me dois un dîner !

Je manque de m'étrangler alors qu'il raccroche, et je finis par rugir littéralement de frustration au beau milieu de mon salon. Comme pour ponctuer ma colère, une bourrasque secoue ma maison, et une averse de neige gelée se met à tomber.

Génial. Il ne manquait plus que ça pour finir de ruiner cette journée.

***

Une tasse de thé chaud à la main, je regarde la neige tomber, transformant peu à peu le paysage. Un temps à se blottir sous un plaid avec un bon bouquin, ou à rédiger un article pour mon blog, *Belvidere Daily*. Cela fait déjà trois jours que je n'ai plus publié un seul billet. J'aurais sans doute pu jouer la carte du sensationnel en relayant mes récentes mésaventures, mais j'ai toujours voulu mon site comme un espace *chill* et bienveillant. Mon ambition était d'apporter du positif à ma communauté, et je compte bien m'y tenir en dépit des velléités de Rob Clarks et de sa clique !

1 Activiste américaine connue pour avoir mené dans les années 1990 une enquête sur la contamination de l'eau potable en Californie. Son combat a été adapté au cinéma dans le film du même nom.

Encore faudrait-il que j'aie un sujet…

Lasse de pleurer sur mon sort et de ressasser ma colère envers Stuart, je décide de braver le mauvais temps pour me rendre en ville. Je fais de mon mieux pour ignorer le logo ActiveWave qui orne ma parka et mes gants, et une fois parfaitement emmitouflée, je me dirige vers mon 4x4.

Quelques minutes plus tard seulement, je m'engage dans la rue principale, et je roule en direction du Pop's Diner – le lieu de rendez-vous incontournable de Belvidere. La simple vue de la salle aux murs couverts de lambris peints en rose framboise et abritant de ravissants box dotés de confortables banquettes me donne le courage de quitter la chaleur de mon habitacle pour m'élancer sous la neige.

Lorsque je franchis le seuil, Dorie surgit de la cuisine, portant une cafetière pleine. Elle m'adresse un large sourire :

– Kris, mon petit chat ! Ça fait une éternité qu'on ne t'a plus vue.

Je ne peux réprimer un sourire :

– Ça fait tout au plus deux jours.

Elle plisse les yeux :

– *Trois* jours. Quand je t'ai servi ton café et ton muffin aux myrtilles pour le déjeuner. Et que je t'ai dit qu'il fallait que tu te nourrisses mieux que ça.

Je lève les mains en signe de reddition, tandis qu'elle m'examine avec attention :

– Ça va, toi ?

Je hoche la tête, tout en retirant mes gants :

– Oui. Et ici : quoi de neuf ?

Dorie n'a pas l'air convaincue par mon sourire crispé, mais elle se contente de hausser une épaule.

– Le *rush* de Thanksgiving est passé. Retour à la routine. Je te prépare un chocolat ?

J'acquiesce, affichant cette fois un sourire sincère.

– Il paraît que la soirée de Thanksgiving a été agitée.

Elle se met à rire.

– Tu parles de Colin et de ses camarades ?

– Oui. J'ai cru comprendre qu'ils avaient semé la pagaille en ville.

Dorie éclate de rire en me collant une tasse de chocolat mousseux sous le nez.

– C'est Ben qui t'a dit ça ?

Je rougis un peu, vaguement embarrassée. Ben Cole n'est pas le type le plus fiable qui soit.

– Ce type est incroyable. Si on l'écoute, depuis qu'il est adjoint du shérif, il affronte de dangereux délinquants à longueur de journée. Colin et ses camarades sont bien allés boire un peu chez Joey. Et je les ai vus passer ici même en braillant. Mais le père de Colin est arrivé et a fait monter tout ce petit monde dans sa voiture. Je pense que les gamins se sont levés avec un sacré mal de crâne. Rien de bien sensationnel, mon chat.

Je soupire profondément, et Dorie se penche vers moi avec une expression de conspiratrice.

– Tu veux du croustillant pour ton blog ?

Je me mets à rire.

– C'est pas vraiment ma ligne éditoriale, mais dis toujours.

Elle baisse la voix, en se penchant davantage.

– Il y a un nouvel homme en ville. Je n'ai pas la moindre idée de ce qu'il fiche ici. D'ailleurs, il n'a pas l'air de le savoir lui-même. Ce malheureux est arrivé ici gelé comme un glaçon. Mais il est beau gosse. Et il ne porte pas d'alliance.

Elle m'adresse un regard entendu, et je suis tentée de lui expliquer que ça ne signifie pas qu'il est libre pour autant. Mais la connaissant, elle est capable de prendre ça pour une marque d'intérêt, et je ne tiens pas à ce qu'elle se mette en tête de me caser avec cet illustre inconnu. Je me contente donc de prendre ma tasse de chocolat et de me diriger vers une table, près de la fenêtre.

À peine installée, je remarque que de l'autre côté de la rue, la boutique de Robin et Becky est encore ouverte. Je n'ai pas le temps de m'en étonner : garé juste devant, je reconnais le pick-up d'Elijah. Et je devine sa silhouette au volant. Une vague de soulagement m'envahit en constatant qu'il est rentré. Cela dit, il a quelques explications à me donner !

9

Lewis

Installé au volant du pick-up, je lance un coup d'œil dans le rétroviseur. De l'autre côté de la rue, je distingue le Pop's Diner – un établissement étrange, à mi-chemin entre le restaurant de province et le salon de thé. Je ne suis pas dingue de la déco sucrée des lieux, mais je dois dire que le café y est bon. Et surtout, la salle est plus chaleureuse que l'habitable de cette épave ! Mais je ne me sens pas vraiment d'attaque pour affronter à nouveau la serveuse. Si elle est souriante, elle est un peu trop bavarde à mon goût. Encore que sa curiosité n'ait pas été complètement inutile.

Si elle n'avait pas appelé les propriétaires de l'unique boutique de vêtements de la ville, je serais certainement mort de froid dans mes vêtements trempés et glacés avant d'avoir mis la main sur ce Kris ! Peinant toujours à me réchauffer, je mets le contact afin de brancher le chauffage – puissant, mais horriblement bruyant. Puis, je me décide à attraper le téléphone pour contacter celui qui doit me permettre de prendre possession du chalet de mon frère.

Alors que je cherche le numéro dans la liste de contact, un coup sourd frappé à la vitre me fait sursauter. Je lève la tête, distinguant une ombre qui contourne le véhicule. L'instant suivant, la portière s'ouvre à la volée côté passager, laissant pénétrer une vague d'air froid. Lorsqu'elle se referme en claquant, une femme se trouve sur le siège.

J'ai à peine le temps d'entrevoir son visage avant qu'elle ne rugisse :

– Bon sang, Elijah ! Tu...

Sa phrase reste en suspens quand elle réalise que je ne suis pas celui qu'elle croit. L'espace d'un instant, je me sens comme subjugué en découvrant le visage aux traits fins, illuminé de grands yeux d'un bleu gris frangés de longs cils.

Tout à coup, je me raidis, en réalisant qu'il s'agit de la jeune femme de la photo. L'ex d'Elijah se trouve juste sous mon nez, et si elle est encore plus ravissante que sur le cliché, elle semble aussi être nettement moins souriante. À dire vrai, elle affiche une expression de surprise, mais surtout elle semble passablement furieuse.

– Vous n'êtes pas Elijah.

– C'est finement observé.

Elle plisse les yeux, ses joues rougissant de colère, et j'ai la nette impression qu'elle prend sur elle pour ne pas me sauter au visage. Cependant, son expression cède rapidement le pas à l'étonnement.

– Une minute... vous n'êtes quand même pas Lewis ?

Je hausse un sourcil. Il faut que les choses aient été très sérieuses entre cette fille et Elijah pour qu'elle connaisse mon prénom – car je ne fais pas partie des sujets de conversation préférés mon frère.

Quoiqu'il en soit, je n'ai pas de temps à perdre.

– Je suis bien Lewis. Et je suis au regret de vous informer que mon frère n'est pas avec moi. En fait, il ne devrait pas revenir ici avant un bout de temps.

Elle me dévisage avec consternation pendant un instant.

– Vous plaisantez, n'est-ce pas ?

– Non. Je ne suis pas d'humeur. Le voyage a été long, et je

dois encore mettre la main sur un type – en espérant qu'il soit prêt à mettre le nez dehors pour m'aider.

Je jette un coup d'œil dépité vers l'extérieur, où la neige tombe toujours. D'un geste rageur, la jeune femme coupe le chauffage – mettant fin à son ronflement assourdissant. Sa voix claque dans le silence qui s'est abattu sur l'habitacle.

– C'est pas sérieux, rassurez-moi ? Elijah…

Je l'interromps, exaspéré.

– Écoutez. Quoi qu'il se soit passé entre mon frère et vous, j'en suis désolé. Vraiment. Mais je ne peux rien pour vous. Et comme je vous l'ai dit, le voyage a été long. Si je veux avoir un toit sur la tête ce soir, je dois encore mettre la main sur ce type… D'ailleurs, on dirait qu'ici tout le monde connaît tout le monde. Alors, si vous saviez où trouver ce Kris, je vous avoue que ça m'arrangerait.

– *Ce* Kris ?

– Oui. Ou peut-être Kristoffer ? Apparemment, c'est le meilleur ami de mon frère. Et une espèce d'associé, je crois.

Elle secoue la tête, manifestement atterrée.

– Je *suis* Kris.

Sa réponse me coupe le souffle, et il me faut une fraction de seconde pour intégrer l'information.

– Mais… Vous êtes une femme.

– C'est finement observé.

Sa réponse ironique me fait l'effet d'une gifle.

Je m'éclaircis la gorge.

– Vous êtes l'associée d'Elijah ?

– C'est un peu plus compliqué que ça, soupire-t-elle profondément.

Je fronce les sourcils.

– Vous voulez dire que tous les deux, vous…

Il lui faut un instant pour saisir ce que j'insinue.

– Bon sang, non ! Alors, pour vous, un homme et une femme

ne peuvent pas être amis ? Vous êtes vraiment un abruti.

Je la regarde, furieux.

– Excusez-moi ?

Elle me lance un regard noir.

– D’abord, vous partez du principe que je ne peux être qu’un homme, et ensuite, vous en concluez que je couche avec votre frère ? Il ne faut pas être très futé pour avoir ce genre de raisonnement. En même temps…

Elle s’interrompt, en se détournant.

– En même temps quoi ? Je vous en prie, continuez ! m’écrié-je.

Elle se tourne à nouveau vers moi, une lueur orageuse dans le regard.

– En même temps, il faut être sérieusement frappé pour accepter d’échanger de vie avec son frère. Je sais qu’Elijah peut être impulsif, mais *vous*, monsieur-le-grand-patron… J’aurais pensé que vous seriez capable de faire preuve d’un peu plus de bon sens !

– « Monsieur-le-grand-patron » ?

Elle hausse une épaule.

– C’est pas vous qui dirigez la société Barrett & Reese ?

– Oh, je vois. Mon frère vous a sans doute raconté comment je tyrannise mes pauvres larbins, tout en me prélassant à longueur de journée dans mon bureau, ricané-je.

Elle me regarde avec une petite moue méprisante.

– Non. En fait, il prétend même que vous êtes un homme d’affaires plutôt avisé.

Je la regarde, cherchant à déterminer si elle se moque de moi.

– Vous plaisantez ?

– Non. D’après lui, vous seriez doué pour les affaires, et plutôt brillant. Mais votre présence ici prouve le contraire, si vous voulez mon point de vue.

Je suis tenté de lui répondre que je me passerais bien de son point de vue, mais je suis trop stupéfait pour ça.

– Est-ce que c'est *vraiment* ce qu'Elijah pense de moi ?

– Ouais… entre autres.

Je grimace, en accusant le coup. Évidemment. Je serais curieux de savoir ce qu'il lui a raconté d'autre à mon sujet.

– Bon, qu'est-ce que je suis censée faire pour vous ?

– Quoi ?

– Vous avez dit que vous me cherchiez. Pourquoi ?

Je me secoue de ma torpeur.

– Eh bien, apparemment, j'ai beau être « brillant et avisé », mon petit frère pense que je ne suis pas capable de trouver le chemin de chez lui tout seul.

– Et j'imagine qu'il a aussi peur que les choses se passent mal entre vous et la chaudière…

– La chaudière ? demandé-je en me raidissant.

Elle me regarde avec une expression exaspérée.

– Je vois… Bon. Je suis garée tout près. Attendez-moi là. Je vous emmène chez Elijah. Enfin… chez vous, je suppose.

***

Kris ouvrant la voie, j'engage le pick-up sur la route principale. Je frissonne désagréablement en réalisant que nous quittons la bourgade. Belvidere est déjà une petite ville. Et il semblerait que mon nouveau domicile soit carrément perdu dans les bois.

Alors, que nous nous retrouvons sur une route qui n'est plus bordée que par des sapins, je sens mon rythme cardiaque accélérer dangereusement, en ressentant à nouveau cette désagréable impression que la forêt se referme sur moi, prête à m'engloutir. Inspirant et expirant profondément, j'arrive à éviter la crise d'angoisse – ce qui est plutôt une bonne chose, puisque devant moi, Kris engage son 4x4 sur une piste qui ne tarde pas à déboucher sur une espèce de serre, flanquée d'un chalet en rondins de bois.

N'ayant aucune envie de laisser la jeune femme remarquer mon malaise, je m'efforce de descendre du pick-up et de saisir mon sac à dos avec assurance. Elle s'approche de moi en regardant le bagage avec curiosité :

– C'est le sac d'Elijah, ça.

– Exact. On échange *complètement* nos vies.

Elle se contente de lever les yeux au ciel et de se détourner en grommelant.

– Et c'est à moi de gérer… comme si j'avais que ça à faire.

Je la rattrape, la saisissant par le bras.

– Hé ! Je pense que je peux parfaitement me passer d'une furie en guise de chaperon, m'exclamé-je.

Elle se dégage de ma prise et croise les bras, me défiant du regard.

– Vraiment ? demande-t-elle.

– Vraiment !

En réalité, je me rends compte que c'est la première fois de toute mon existence que je me retrouve en pleine nuit entouré de forêt, et je commence à me sentir sérieusement oppressé. À mon grand soulagement, elle se détourne à nouveau pour se diriger vers le chalet.

Alors que je la suis, je remarque un tas de bois à l'abri sous le porche. Elle le désigne d'un geste de la tête, sans même se tourner vers moi.

– Ça devrait être suffisant pour ce soir. Mais vous devrez en couper demain.

Je m'arrête net.

– Comment ça ?

– À la hache ou à la tronçonneuse – c'est vous qui voyez.

Je lui lance un regard noir.

– C'est pas ce que je vous demande et vous l'avez très bien compris.

Elle plante son regard dans le mien.

– La chaudière a rendu l'âme. Il faut vous chauffer au bois. Vous en avez plus qu'il en faut derrière, dans la remise. Si vous êtes capable de le couper…

Je soutiens son regard, malgré la panique qui commence à s'emparer de moi.

– Je devrais m'en sortir.

Je ne devrais pas avoir de mal à trouver quelqu'un à qui confier ce travail, ici. Et un plombier capable de réparer cette fichue chaudière.

– Autre chose que je devrais savoir ?

– Non. Si ce n'est que j'habite juste à côté, par ici. Et de l'autre côté, au bout de l'exploitation, il y a la fabrique ActiveWave.

Voilà pourquoi le nom de Belvidere m'était familier. Et pourquoi la seule boutique de la ville vend presque exclusivement des vêtements de cette marque.

– Merci pour le cours de géographie. Et de m'avoir escorté jusqu'à ma porte. Je pense que je devrais m'en sortir, maintenant.

Elle me contemple avec une lueur d'amusement dans les yeux.

– Vous n'imaginez pas à quel point j'ai hâte de voir ça.

Je la suis du regard tandis qu'elle regagne son véhicule. Cette femme est insupportable, mais je dois reconnaître qu'elle n'a pas froid aux yeux. Lorsque le 4x4 disparaît, je jette un coup d'œil aux environs. À présent que le faisceau de phares n'éclaire plus les environs, je devine à peine les arbres qui m'entourent. Et je réalise avec un frisson glacial que les Appalaches sont réputées pour abriter une quantité d'ours.

Sortant précipitamment le téléphone de ma poche, je

branche la fonction lampe de poche, et je m'assure d'avoir du réseau. Puis, je me décide à franchir la porte.

Je peine à trouver les interrupteurs, mais je finis par parvenir à éclairer ce qui est mon nouveau « chez moi ». Une petite cuisine à ma droite, un salon qui semble tenir lieu aussi de bureau et de salle à manger à ma gauche. En face de moi, un escalier qui conduit vraisemblablement à la chambre et à la salle de bain. Je suis tenté d'aller directement explorer l'étage – mais à l'instant où j'ôte mon manteau et mes gants, je réalise qu'il fait *vraiment* froid. Et surtout, que je n'ai jamais allumé un feu de cheminée de ma vie.

10

Kristen

Une lumière vive me tire du sommeil en s'engouffrant dans la chambre. J'en conclus que le mauvais temps a cédé la place au soleil, et que la journée s'annonce radieuse. Pourtant, je tourne le dos à la fenêtre en me pelotonnant sous ma couette, accablée par mon sentiment d'impuissance. Lorsque sont apparus les premiers doutes sur une potentielle contamination des eaux du Little Dee, nous étions deux à vouloir tirer cette affaire au clair : Elijah et moi. À présent, je me trouve confrontée à une affaire qui ne concerne plus seulement Belvidere, mais potentiellement plusieurs sites à travers le pays. Et je n'ai pas la moindre idée de ce que je suis censée faire.

Je n'ai qu'une seule certitude : il *faut* qu'Elijah rentre de New York, et vite. Il n'a rien à faire là-bas – et son imbécile de frère n'a rien à faire ici. Malheureusement, j'ai pu constater hier soir que ces deux idiots ont effectivement complètement échangé leur vie, y compris leur téléphone. Je n'ai donc plus la possibilité de contacter mon ami – même si à l'heure actuelle, je le considère plus comme un traître ! Je n'ai donc aucun moyen de lui faire comprendre qu'il doit rentrer. Et en plus, je lui ai promis de veiller sur son exploitation. Ce qui revient aussi à supporter Lewis… ce qui ne devrait sans doute pas durer longtemps !

Avec une pointe de sournoiserie, je me réjouis que la chaudière d'Elijah ait rendu l'âme ! Je mentirais si je prétendais que je n'ai pas remarqué le physique avantageux de Lewis. À en juger par sa stature, c'est un habitué de la salle de sports. Mais entre s'entraîner avec du matériel de dernière génération dans une salle branchée new-yorkaise et s'atteler à la corvée de bois pour se chauffer, il y a une énorme différence ! Et j'ai dans l'idée que je devrais aller m'assurer que les choses ne tournent pas mal !

Repoussant ma couette, je me décide à sortir de mon lit, en maudissant intérieurement Elijah de m'avoir extorqué la promesse de veiller sur sa propriété… et du même coup sur son frère, j'imagine !

***

Lorsque je me gare devant le chalet, je monte les escaliers et j'entre sans frapper – comme je l'ai toujours fait. Je m'immobilise en réalisant que je devrais sans doute perdre cette habitude, à présent que c'est Lewis qui vit ici. Je me demande même si je ne devrais pas ressortir et frapper.

Ne sois pas idiote ! Maintenant que tu es là…

En revanche, nulle trace de Lewis. Et il gèle, ici ! Jetant un œil dans le salon, je constate que le poêle est éteint. En m'approchant, je réalise qu'il est glacial : aucun feu n'y a brûlé depuis des jours, et surtout pas hier. Tout à coup, du bruit provient de l'étage, et je me dirige vers les escaliers. Lewis ne tarde pas à descendre les escaliers, vêtu d'une parka et une tasse fumante dans les mains. Lorsqu'il m'aperçoit, il me lance un regard noir.

– Qu'est-ce que vous fichez là, vous ?

– Vous n'êtes pas du matin, hein ?

Il descend rapidement les dernières marches pour venir se planter face à moi.

– Écoutez, je ne sais pas quel genre d'habitudes douteuses vous avez, mon frère et vous, mais pour ma part, j'apprécie qu'on s'annonce quand on rentre chez moi.

Bien qu'il me domine d'une bonne tête, je lève le menton pour le regarder dans les yeux.

– Je vous rappelle que techniquement, vous n'êtes *pas* chez vous.

Le plantant là, je me dirige vers le salon, et j'ouvre le poêle.

– Au moins, vous ne risquiez pas de mettre le feu au chalet. J'arrive pas à croire que vous ne m'ayez pas dit que vous ne saviez pas allumer un feu.

– Pour votre information, le voyage New York-Belvidere n'est pas vraiment une partie de plaisir, et j'étais crevé.

Je me redresse, en me retournant pour lui faire face.

– Et ce matin ? Vous teniez à tester votre jolie parka en intérieur avant de sortir ?

Je m'attends à le voir rougir d'embarras, au lieu de quoi il me fixe d'un air encore plus glacial que l'air ambiant.

– Si vous voulez tout savoir, je voulais aller voir l'exploitation de plus près. Je n'ai aucune idée de la façon dont fonctionne une ferme à sapins.

– Sans blague.

Je retourne à l'allumage du feu, qui ne tarde pas à démarrer. Lorsque je me relève, je constate que Lewis me regarde avec la même expression glaciale, sans me remercier. Cependant, il se rapproche du poêle, fixant les flammes qui commencent à danser en crépitant gaiement.

– De rien.

Il me lance un regard de biais.

– Je ne vous avais rien demandé. Mais si vous tenez vraiment à me materner, dites-moi au moins à quelle heure arrivent les employés.

Je reste un instant bouche bée.

– Les employés ?

Il me regarde comme si j'étais stupide.

– Oui, les employés. Mon frère ne s'occupe pas de cet endroit tout seul, j'imagine.

Consternée, je me dirige vers le vieux canapé de cuir sur lequel je me laisse tomber : ce gars-là va rapidement tomber de haut.

– Il y a effectivement des employés. Ponctuellement. Pendant la période des tailles, et lorsque la boutique ouvre ses portes. Le reste du temps, c'est juste Elijah et moi.

Pour la première fois depuis mon arrivée, je note un frémissement sur son visage – si infime que je me demande immédiatement si je ne l'ai pas imaginé. Ce type est un crétin prétentieux, mais il ne manque pas de maîtrise.

– Je vois. En somme, le reste du temps, il n'y a pas grand-chose à faire.

Je me mets à rire.

– Non, vraiment pas grand-chose. Il faut juste débroussailler une vingtaine d'hectares, marquer les arbres, préparer les plantations. Et sécuriser l'accès à ceux que les clients couperont eux-mêmes, bien sûr.

Cette fois, il affiche une mine franchement surprise.

– Ceux que les clients couperont eux-mêmes ?

– Oui. Les gens viennent d'assez loin pour choisir et couper eux-mêmes leur sapin.

Il se met à rire.

– Les gens sont dingues.

Je me relève d'un bond, me plantant devant lui.

Cependant, je n'ai pas le temps de dire un mot, car il lève les yeux au ciel.

– Pitié. Ne me faites pas le plan de la magie de Noël. Je vous rappelle que c'est mon métier. Seulement, avec moi, les gens n'ont pas besoin de jouer aux bûcherons. Couper son sapin soi-même… Quelle connerie !

– Évidemment. La satisfaction de faire les choses soi-même, c'est le genre de choses qui échappe complètement à un type dans votre genre, hein ?

Il se détourne, attrapant une chaise pour la poser près du poêle et s'y installer.

– Si nous devons nous côtoyer au cours des prochaines semaines, je pense qu'il y a une chose que vous devez savoir sur moi, Kris. Je déteste perdre mon temps. Vous ne m'aimez pas, je ne vous aime pas. Les choses sont très claires. Alors, dites-moi plutôt ce que je suis censé faire pour faire tourner cette exploitation.

Je reste un instant presque subjuguée par son regard sombre. Pas étonnant que ce type soit un as des affaires : ses yeux noirs ont quelque chose d'hypnotisant. Malheureusement pour lui, je ne suis pas assez impressionnable pour céder à son numéro.

– Comme je vous le disais, les coupes vont bientôt commencer. Alors, j'imagine qu'il serait judicieux de vous apprendre à manier une tronçonneuse.

– Si vous le dites… Avant ça, vous pouvez m'indiquer le nom d'un bon plombier ?

Je me mets à rire :

– Un *bon* plombier ? Ici, il n'y a que Wyatt !

Il hausse une épaule.

– Ici, peut-être. Mais s'il n'est bon à rien, je préfère en faire venir un d'un de plus loin – quitte à lui payer le déplacement.

Cette fois, j'éclate franchement de rire.

– Oubliez ce que j'ai dit. L'initiation au maniement de la tronçonneuse peut attendre cet après-midi. D'ici là, je vous conseille de jeter un œil aux finances de votre frère. Enfin… à vos finances, à présent, si j'ai bien compris le principe de votre échange.

Il se redresse énergiquement.

– Je vois. Bien. Alors, je verrais ça plus tard. Je m'en voudrais de vous obliger à revenir plus tard. J'ai hâte de vous voir m'enseigner le maniement de la tronçonneuse.

Bien qu'il parle d'une voix égale et que son expression ne laisse rien paraître lorsqu'il se dirige vers la porte, je ne peux pas m'empêcher de ressentir une sorte d'affront. J'ai la très nette sensation qu'il doute que je sois capable de lui apprendre quoi que ce soit, encore moins à couper proprement un sapin, pour une seule et unique raison : je suis une femme.

Bien décidée à lui apprendre un peu d'humilité, je lui emboîte le pas. Il s'immobilise sous le porche, laissant son regard courir sur les environs, et je réalise alors que c'est la première fois qu'il voit véritablement les lieux.

Je soupire, en me reprochant une fois de plus d'avoir fait une promesse inconsidérée à Elijah. Mais ce qui est fait est fait, et si je veux éviter que Lewis ne mette la ferme à sapins en péril, je n'ai pas beaucoup le choix.

– Bon. Je propose qu'on commence par une petite visite.

***

– Et ici, c'est la *nursery*.

– La *nursery* ?

Tandis qu'on avance entre les tables vides, je lance un regard par-dessus mon épaule.

– C'est ici qu'on fait pousser les graines. Il faut à peu près un mois de soins avant de les mettre en terre.

Lewis s'immobilise.

– Mon frère fait pousser des *graines* de sapin ?

– Évidemment. Comment croyez-vous que sortent les sapins de cette ferme ?

Il fronce les sourcils.

– J'en sais rien. Je suppose que j'imaginais qu'il plantait... des plants qu'il achetait.

J'étouffe un soupir. Ce type n'a manifestement jamais mis un pied hors de New York, et il semble habitué à obtenir tout et n'importe quoi en payant – sans se préoccuper du travail que cela demande ou de la provenance de ce qu'il achète.

– Qu'il achèterait à qui, d'après vous ?

Il se contente de hausser les épaules, et je renonce à discuter.

– De toute façon, vous n'avez pas besoin de vous préoccuper de ça. Au moment des plantations, vous serez reparti et Elijah sera de retour depuis longtemps.

Je me remets en route, avant de réaliser qu'il ne bouge pas. Je me retourne à nouveau, découvrant qu'il me fixe avec cette insupportable expression impénétrable.

– Quoi ? m'exclamé-je agacée.

– Je ne sais pas. À vous de me dire.

– Je croyais que vous n'aimiez pas perdre de temps ?

– Et moi, je croyais qu'il n'y avait rien entre mon frère et vous ? Vous avez quand même l'air sacrément furieuse qu'il soit resté à New York, et impatiente de le voir revenir.

J'y crois pas. Voilà qu'il recommence ! Et je ne suis pas sûre d'avoir la patience pour ça, ce matin.

– Mais qu'est-ce que ça peut bien vous faire ce qu'il y a entre Elijah et moi, au bout d'un moment ? Si vous tenez tant à le savoir : oui, je suis furieuse ! Je me passerais bien de vous faire faire le tour du propriétaire et de vous apprendre les rudiments du métier ! Alors, maintenant, suivez-moi.

Elijah a vraiment de la chance que je n'ai plus aucun moyen de le contacter, car à l'heure qu'il est, j'aurais quelques mots bien sentis à lui dire !

Je fais volte-face et je me dirige d'un pas vif vers le petit entrepôt dans lequel se trouve le matériel de l'exploitation.

D'un geste de la tête, je désigne le fond du hangar.

– Les entonnoirs à sapin. Ils servent à emballer les arbres dans les filets afin de pouvoir les transporter plus facilement, et sans les endommager. Prenez celui-là, je m'occupe de la tronçonneuse.

Lewis s'exécute, et nous nous dirigeons vers la porte située à l'autre extrémité du hangar. C'est maintenant qu'on va voir de quoi monsieur le grand patron est capable !

11

Lewis

– Vous devez couper proprement, à l'horizontale.

Kris démarre la tronçonneuse d'un geste vif, coupant l'arbre avec habileté. Elle éteint aussitôt la machine – un modèle léger, et assez compact. Puis, elle saisit le petit sapin à la forme parfaite et me regarde.

– Maintenant, vous le passez dans l'entonnoir à sapin. Vous devez y aller d'un geste sûr, mais pas être trop brusque non plus.

Ce qu'elle appelle « l'entonnoir à sapin » est une structure mobile dotée d'une espèce d'énorme seau de forme conique, dans lequel elle introduit la base du sapin. Le petit arbre ressort de l'autre côté, proprement enfermé dans un filet.

– Ces filets sont fabriqués en sisal, précise Kris. Une matière naturelle, entièrement biodégradable.

Puis, elle désigne un autre sapin d'un geste de la tête.

– À vous.

Je me saisis de la tronçonneuse, qui démarre sans se faire prier. Puis, je m'approche du sapin que je suis censé couper. Derrière moi, Kris se met à crier pour se faire entendre malgré le bruit :

– Attention ! Vous voulez vous couper une cheville, ou quoi ?

En m'agenouillant, je peine à trouver une position à la fois sécurisée et confortable, et je réalise trop tard que la chaîne de la tronçonneuse est vraiment mal positionnée. Avant que j'aie compris ce qui se passe, je coupe une bonne partie des branches du petit arbre. Kris surgit près de moi, m'arrachant la tronçonneuse des mains, et coupant le moteur.

Je me relève, furieux.

– Vous êtes dingue ? On n'arrache pas une tronçonneuse des mains comme ça !

Elle me lance un regard noir.

– Oh, excusez-moi. J'oubliais que j'avais affaire à un spécialiste.

J'ouvre la bouche pour répliquer, mais elle fait un pas dans ma direction, plantant son regard dans le mien.

– Ces arbres ont de la valeur. Ils ont été plantés et soignés avec attention. Je ne vais pas rester plantée là à vous regarder saccager des années de travail !

Une flamme vive danse au fond de ses yeux. Elle est vraiment furieuse que j'ai abîmé *un arbre* ?

– Je ne m'attendais pas à un miracle, mais quand même…

Elle se détourne, contemplant les rangées d'arbres pendant quelques instants. Lorsqu'elle me fait face à nouveau, la tristesse se lit sur son visage.

– Écoutez. Je ne sais pas ce qui a pu pousser un type comme vous à venir ici. Mais vous n'arriverez jamais à faire le travail de votre frère. Soyez raisonnable. Dites-lui de rentrer. Ou ce sera la dernière saison de cette ferme.

Je frémis, en proie à des émotions que j'ai du mal à comprendre. Une part de moi est touchée par son implication et son inquiétude qui semble sincère. Mais bon sang…

– Elijah n'est pas un superhéros, que je sache. S'il est capable de s'occuper de cette exploitation, alors moi aussi.

Je lui reprends la tronçonneuse des mains, et je la fais démarrer, bien décidé à faire mes preuves. Près de moi, Kris secoue la tête, en croisant les bras. Essayant de faire abstraction de son regard qui suit le moindre de mes mouvements, je m'agenouille à nouveau près du sapin. Et j'approche la lame du tronc. Et cette fois, je parviens à le couper sans endommager de branches… encore qu'il soit coupé un peu de travers.

Une fois que c'est fait, je me redresse :

– Alors ?

– Eh bien, vous avez encore vos deux mains et vos deux pieds, alors j'imagine que c'est un succès. Espérons quand même que vous allez vite vous améliorer, car il faut couper tous ceux qui sont marqués dans cette rangée, et dans celle d'à côté d'ici ce soir.

Je regarde les deux rangées en question – et je remarque que pratiquement tous les sapins portent le ruban jaune qui indique apparemment qu'ils doivent être coupés :

– D'ici… ce soir ?

Elle acquiesce :

– La ville les a demandés pour demain matin. Ils vont servir à décorer la mairie, la bibliothèque et tous les bâtiments publics de Belvidere. Et pour info, on n'a pas une énorme marge, alors ce serait bien que vous évitiez d'endommager d'autres arbres.

Génial. Et moi qui comptais profiter de mon séjour pour me détendre…

***

La journée tire à sa fin lorsque je regagne enfin le chalet. Je suis reconnaissant que le 4x4 de Kris soit déjà en train de s'éloigner lorsque mon estomac se met à gronder. Nous avons à peine pris le temps de faire quelques sandwiches pour le déjeuner – ce qui m'a d'ailleurs permis de constater que le réfrigérateur et les placards de mon frère sont très peu garnis. J'imagine qu'il faudrait que je me décide à aller faire quelques courses…

Lorsque je franchis la porte, je suis surpris de trouver de la lumière, et un feu généreusement garni. Je n'ai pas vraiment le temps de me poser de questions : la porte ne tarde pas à s'ouvrir sur un homme qui me semble avoir une soixantaine d'années. Lorsqu'il m'aperçoit, il se fige.

– Vous êtes qui, vous ? demande-t-il sur la défensive.

Je l'examine rapidement : il n'a pas l'air bien dangereux. Ce qui ne m'adoucit pas vraiment.

– *Vous*, qui êtes-vous ? Et qu'est-ce que vous foutez chez moi ?

Il me regarde comme si j'étais dingue, avançant vers moi d'un pas déterminé.

– Écoute-moi bien, mon gars. Ici, t'es chez Elijah. Et je ne sais pas qui tu es ni d'où tu sors…

Je lève les yeux au ciel :

– Du calme. Je suis Lewis. Son frère. Je vais habiter ici pendant quelque temps, et j'aimerais bien que les gens perdent l'habitude d'entrer ici comme s'ils étaient chez eux !

Il me regarde avec étonnement.

– Alors, c'est vous, Lewis ?

Je me raidis. Il est lui aussi au courant de mon existence ? J'imagine que c'est une bonne chose – ça m'évitera toujours d'avoir à lui prouver ma bonne foi quant à ce que j'avance, et que désormais je vis bien ici. Mais c'est assez perturbant qu'un type dont j'ignore même le nom me connaisse.

– Et Elijah, il est où ?

– À New York, si vous tenez tant à le savoir. Maintenant, vous me dites qui vous êtes ?

Il hausse une épaule, comme si la réponse coulait de source.

– Wyatt. Je suis plombier, je passais jeter un œil à la chaudière de votre frère. Si vous lui parlez, dites-lui que je suis désolé. Cette antiquité a rendu l'âme. Cette fois, va falloir la changer. Oh. Et tant que j'y pense : le feu était en train de s'éteindre, alors je me suis permis... Déjà que je peux rien faire pour la chaudière, je voulais pas qu'Elijah retrouve une maison glaciale en rentrant. Bon. Ben, je vous laisse.

Faisant demi-tour, Wyatt se dirige vers la porte en secouant la tête.

– New York. Mais quelle idée ! Quand Dorie va savoir ça...

Je le rattrape, interloqué.

– Attendez : je peux savoir qui est Dorie ?

– Dorie... La propriétaire du Pop's Diner... vous savez ?

Je hausse les sourcils, en me rappelant la femme joviale qui m'a accueilli hier soir quand je suis arrivé. Certes, je lui suis reconnaissant de m'avoir aidé, mais je n'ai pas envie pour autant qu'elle soit informée du moindre de mes faits et gestes !

– Non, je ne savais pas. Est-ce que Dorie a vraiment besoin d'être au courant ? demandé-je.

Il me regarde, ne comprenant manifestement pas ce que je cherche à lui faire comprendre.

– Écoutez, toute la ville n'a pas besoin de savoir ce qu'on fait, mon frère et moi, précisé-je.

– Bah, c'est vous qui voyez. Mais toute la ville le saura forcément. Puis, si vous aimez pas que les gens entrent chez vous, c'est mieux comme ça. Le prenez pas mal, mais votre frère est plus accueillant que vous.

Je reste sans voix tandis qu'il m'adresse un petit salut de la tête et qu'il s'en va.

Qu'est-ce que c'est que cet endroit ? À New York, je ne connais pas seulement le nom de mes voisins, et ça me va très bien comme ça !

Dépité, je me dirige vers la cuisine, où je rassemble de quoi me faire un sandwich – ce qui semble devenir mon menu habituel depuis quelques jours. Ça vaut bien la peine d'enchaîner les entraînements sportifs depuis des années !

Puis, je me rends dans le salon, déposant mon encas sur la table qui tient visiblement lieu de bureau. Pour la première fois depuis mon arrivée, je prends le temps d'examiner attentivement la pièce. Un énorme canapé en cuir occupe le centre, et les murs sont couverts d'étagères remplies de livres. Une platine et quelques vinyles occupent un coin. En revanche, je ne vois pas la moindre trace d'un téléviseur. En temps normal, je ne m'en formaliserais pas. Après tout, je suis habitué à passer mes soirées à travailler… mais ici, il va bien falloir que je trouve de quoi m'occuper.

Heureusement qu'on a inventé internet !

Je déchante vite en ouvrant l'ordinateur portable de mon frère. Un appareil qui a connu des jours meilleurs… Mais au moins, il fonctionne, même s'il met un temps fou à démarrer !

Lorsque l'écran du bureau apparaît enfin, je ressens une étrange sensation. Je parcours les dossiers avec un mélange de crainte et de curiosité. Chacun de ces dossiers contient un morceau de la vie de mon frère – et je ressens un étrange malaise à l'idée de les ouvrir. Je me rends compte avec une sensation de vertige que je ne sais strictement rien de lui, en dehors de ce que je m'imaginais. Et la journée m'a formellement démontré que je me trompais sur toute la ligne sur son quotidien ici !

Mon malaise s'approfondit quand je réalise qu'à cet instant, Elijah fait probablement la même chose avec *mes* propres dossiers. Cela dit, il n'y découvrira pas grand-chose, puisqu'ils sont intégralement consacrés à mon travail, qui constitue le centre de ma vie. En même temps, si je suis tout à fait honnête envers moi-même, je n'y ai pas pensé une seule fois au cours de la journée, et ce constat est plutôt déstabilisant.

Je suppose que c'est parce que la journée a été plutôt intense physiquement. Et d'une certaine façon, la présence de Kris l'a aussi rendue éprouvante nerveusement. Je suis habitué à dissimuler soigneusement mes sentiments, mais je me suis senti stupide plus d'une fois depuis ce matin. De plus, son animosité envers moi est évidente, elle est à l'affût de la moindre défaillance de ma part.

Je me demande ce qu'une femme comme elle peut bien faire de ses soirées…

Quittant ma chaise, je me dirige vers la fenêtre, scrutant la nuit en direction de son domicile. J'ignore à quelle distance de là il se trouve précisément. En tout cas, je ne distingue pas la moindre lumière. En réalité, je ne distingue rien d'autre que de hautes ombres mouvantes. Je sais que ce sont des arbres, mais mon cœur se met à tambouriner dangereusement dans ma poitrine. Tout à coup, je me sens terriblement vulnérable derrière cette fenêtre, et j'ai l'impression que des créatures tapies dans l'ombre me fixent. D'un geste sec, je tire le rideau et je recule, essayant d'ignorer le fait que je tremble légèrement.

Mon estomac se remet à gronder, et je retourne m'installer au bureau, attrapant nerveusement le sandwich que je me suis préparé. Je me force à manger, en dépit de la boule d'angoisse qui me noue la gorge.

Si Kris était là, elle se marrerait bien.

Cette idée me vexe inexplicablement. Mais alors que son ravissant visage au sourire un peu ironique me vient à l'esprit, je me souviens tout à coup d'une chose qu'elle m'a dite ce matin :

Je vous conseille de jeter un œil aux finances de votre frère. Enfin… à vos finances, à présent, si j'ai bien compris le principe de votre échange.

Voilà qui devrait pouvoir me faire oublier mes frayeurs irrationnelles et occuper ma soirée !

12

Kristen

Lorsque je pousse la porte du Pop's Diner, je trouve une salle vide. Pourtant, lorsque le carillon de la porte se met à tinter, Dorie jaillit de la cuisine avec précipitation. Elle a le visage rouge d'émotion, ce qui ne lui ressemble guère.

– Kris, chérie ! Tu ne vas jamais croire ce que j'ai appris ! C'est tellement… tellement…

Tandis qu'elle bafouille, son visage s'empourpre dangereusement, et je crains un instant qu'elle ne fasse un malaise. Mon inquiétude grandit quand elle porte la main à son cœur, quittant l'arrière du comptoir pour venir se laisser tomber sur une banquette. Je m'installe précipitamment en face d'elle, lui saisissant les mains.

– Dorie, enfin : qu'est-ce qui se passe ? Il est arrivé une catastrophe ?

Elle se penche vers moi, haletante.

– Pas encore ! Mais ça pourrait bien venir !

L'angoisse me serre la poitrine. Je m'efforce cependant de rester calme, et de lui parler d'une voix ferme, en serrant ses mains de façon rassurante.

– Respire profondément. Voilà. Et maintenant, raconte-moi.

Elle se penche vers moi, le visage décomposé.

– Ce matin, Rob Clarks est venu prendre le petit-déjeuner ici.

Je me tends immédiatement à ce nom. Je n'avais jamais eu de sympathie pour lui, mais je sais à présent de quoi il est capable, et ça n'augure rien de bon.

– Et ?

Dorie prend une profonde inspiration.

– Il était avec ce type – tu sais, le gardien de nuit.

– Tony.

– Oui. Celui-là, il ne met jamais les pieds ici habituellement, et c'est très bien comme ça. Parce que je vais te dire, mon chou : tu peux me traiter de veille folle si tu veux, mais il me colle des frissons.

Je ne suis pas sûre que le fait de confirmer son intuition la rassure beaucoup, aussi, je me contente de l'encourager à continuer d'un hochement de tête.

– Eh bien, je les ai entendu parler.

Bien que la salle soit toujours vide, elle baisse la voix.

– Des personnes mal intentionnées essaient de s'en prendre à ActiveWave en salissant sa réputation. Des personnes de *Belvidere*. Non, mais tu te rends compte ?

Je pince les lèvres. Ce dont je me rends compte, c'est que Clarks est en train de prendre les devants. Il lance une rumeur pour parer d'éventuelles révélations de ma part.

Dorie me dévisage, attendant de toute évidence une réaction de ma part, et je lui adresse un sourire forcé.

– Je suis sûre que tu t'inquiètes pour rien, Dorie. ActiveWave est une société solide.

... et qui ne recule devant rien !

Elle secoue la tête.

– La société elle-même, peut-être. Mais d'après ce que j'ai entendu, ils n'hésiteront pas à fermer la fabrique – la nôtre, je veux dire. La société la garde, parce que c'est ici que tout a commencé. J'ai nettement entendu monsieur Clarks. Il a dit : « Elle est symbolique, c'est tout ». *C'est tout* !

Je soupire profondément, en me disant qu'il a raconté beaucoup trop de choses au beau milieu du Pop's Diner pour que ce soit une maladresse de sa part.

– Et qu'est-ce qu'il a dit d'autre ?

– Il a dit que lui, il serait certainement muté, mais que les gens d'ici resteraient sur le carreau. Et il n'a pas tort ! Qu'est-ce qu'on va devenir, si la fabrique ferme ? Tout le monde a au moins un membre de sa famille qui y travaille !

Je lui tapote les mains.

– Ne t'en fais pas, Dorie. Je suis sûre que la fabrique ne risque rien. Tu devrais peut-être garder ça pour toi. Inutile d'inquiéter tout le monde pour rien.

Dorie hoche la tête avec détermination.

– Tu as peut-être raison. Surtout avec les fêtes qui arrivent. Les gens n'ont pas besoin de savoir qu'il y a un traître parmi nous.

Je reste sidérée, mais le carillon de la porte retentit. Dorie jette un œil, saluant la nouvelle venue.

– Bonjour, Sarah ! Assieds-toi, ma jolie : je t'apporte ton café.

Elle se lève, puis se penche vers moi.

– Entre nous, mon chat : si j'ai entendu monsieur Clarks, il est probable que d'autres l'aient fait aussi.

C'est même certain. Et je suis sûre que c'était l'effet recherché.

Je suis tirée de mes pensées par Sarah, la jeune femme qui vient d'arriver.

– Kris, bonjour ! Tu vas bien ? Il y a des jours que tu n'as plus posté sur le blog.

Je lui adresse un sourire sincère – j'aime la façon dont les gens disent « le » blog, et pas « ton » blog. Ils se le sont approprié, et c'est précisément ce que je voulais lorsque je l'ai créé.

– Ça va, je te remercie. J'ai juste été un peu occupée, ces derniers temps.

– Oh. Je m’en voudrais de te surcharger de travail, mais on a établi le programme des fêtes, alors si tu pouvais le publier.

Dorie apparaît près de nous – déposant une tasse de café sous le nez de Sarah, et une tasse de chocolat que je ne me souviens pas lui avoir commandée sous le mien.

– Et tant que tu y es, tu ne voudrais pas enquêter un peu sur ce beau garçon qui vient de débarquer ? demande Dorie

Le regard de Sarah s’illumine tout à coup de curiosité.

– Qu’est-ce que c’est que cette histoire ? Je n’ai entendu parler de rien ! Qui est-ce ? s’exclame Sarah, intéressée.

– Aucune idée. Et je ne l’ai plus vu depuis qu’il a débarqué ici gelé jusqu’à la moelle ! déclare Dorie.

Sarah a une moue dubitative.

– Oh. Dans ce cas, il ne faisait peut-être que passer.

Dorie lève les yeux au ciel.

– Passer pour aller où, mon chou ? Il n’y a plus rien que le sommet, au-delà de la ville.

Je garde le nez dans mon chocolat, espérons qu’aucune d’elles n’ait l’idée de m’interroger. Je n’ai aucune envie de devoir leur expliquer la situation. Même si la ferme doit ouvrir ses portes au public d’ici quelques jours à peine… Eh bien : Lewis se chargera de répondre lui-même aux questions !

Malheureusement pour moi, Dorie et Sarah se tournent vers moi d’un même mouvement, et je sais immédiatement qu’elles vont chercher à m’inclure dans la conversation. Aussi, je soupire de soulagement quand mon téléphone se met à sonner.

M’excusant rapidement, je termine mon chocolat d’un trait et je me dirige vers la sortie en décrochant.

– Kris ! Jay Harris.

Je m’immobilise sur le seuil du Pop’s. Le maire ! Et il a l’air furieux. Pendant une fraction de seconde, je me demande si Bob Clarks ne serait pas aussi allé se plaindre d’être victime de

« personnes mal intentionnées » auprès de lui – et en m'accusant nommément, pour le coup. Mais je me rends vite compte que ce n'est pas moi qui fais l'objet de sa colère.

– Bon sang, que fout Elijah ? Mes gars sont montés chercher les sapins qu'on lui avait commandés ce matin, et ils ont trouvé porte close ! Il a de la chance de posséder la seule ferme à sapins de la ville – mais s'il n'est pas plus fiable que ça, l'année prochaine…

J'éloigne le téléphone de mon oreille, en prenant le parti de laisser le maire finir de vociférer. Je sais que quand il est en colère, il faut laisser passer l'orage avant de tenter de le raisonner.

– Tu m'écoutes, Kris ?

Je reprends le téléphone.

– Je suis désolée, Jay. Elijah a dû s'absenter.

– Quoi ? Et comment je suis censé faire ? Armer mes gars de hache et les envoyer…

Ses rugissements me font grimacer, et je crie à mon tour dans le combiné.

– Les sapins sont prêts !

– Tu es sûre de ça ?

– Absolument certaine. Je fonce à la ferme. Dites à vos gars de repasser d'ici une heure, d'accord ?

– Bien ! Mais il vaudrait mieux que cette fois, il n'y ait plus de problème !

Il vaudrait mieux, oui. Et il vaudrait mieux que Lewis ait une bonne explication à me donner !

Alors que je fonce vers mon 4x4, mon téléphone sonne à nouveau, et je ressens une pointe de panique.

Oh, Seigneur. Quoi encore ?

Lorsque je regarde l'écran, je découvre le numéro de ma mère. Tout à coup, je ressens le désir violent d'entendre sa voix – en dépit de sa capacité à me rendre dingue.

– Salut, maman !

– Tu as une petite voix, ma chérie. Tout va bien ?

Je reste un instant silencieuse, ne sachant pas du tout comment répondre à sa question.

– Kris ? insiste-t-elle.

– Oui. Ça va, maman. Juste un peu fatiguée.

– Justement, ma chérie. Ton père et moi, on se disait qu'un peu de soleil te ferait du bien. Qu'est-ce que tu dirais de rester quelque temps avec nous, pour Noël ? Après tout, quitte à faire un si long voyage, tu peux bien rester deux ou trois semaines.

Pendant un instant, j'envisage presque cette option. Cependant, un signal d'alerte résonne immédiatement dans mon esprit. Je sais que mes parents m'aiment – à leur façon. Mais nous n'avons jamais eu la même vision de la vie en général, et de mon avenir en particulier. Aussi, je ne peux pas m'empêcher de suspecter un piège.

– Je ne peux pas m'absenter deux ou trois semaines, maman. Et puis, papa et toi êtes très occupés. Qu'est-ce que je ferais de mes journées ?

– Qui te parle de passer ton temps à la maison ? Tu pourrais faire de nouvelles rencontres. Tu sais, on connaît beaucoup de monde. Tiens, le fils de Mona, par exemple…

Je lève les yeux au ciel. Nous y voilà !

– Je suis sûre que le fils de Mona est très sympa, maman. Même si j'ignore complètement qui est Mona.

– Mona ! Ma prof de yoga.

Je ressens une pointe de culpabilité. J'ignorais complètement que ma mère faisait du yoga. Et j'ai d'ailleurs beaucoup de mal à concilier cette pratique qui prône plutôt l'ouverture d'esprit avec sa façon psychorigide d'envisager la vie. Mais je constate que la distance et nos modes de vie très différents me déconnectent de plus en plus de la vie de mes parents. Il n'en demeure pas moins que je n'ai aucune envie que ma mère me présente le fils de sa prof de yoga… ou qui que ce soit d'autre !

Surtout, vu la tournure des événements ici, il me semble peu probable de pouvoir quitter Belvidere pour Noël.

– Écoute, maman… Je sais que papa et toi allez être très déçus, mais je ne peux vraiment pas venir pour Noël.

– Tu plaisantes ? Kristen, tu…

– Je suis désolée, maman. Il y a du travail à la ferme. Mais je te promets que je saute dans le premier avion le 26. Je serais avec vous pour le Nouvel An.

– Et j'imagine que ta décision est irrévocable ? J'espère au moins pouvoir annoncer à ton père que tu vas rester deux semaines !

Je grimace à la perspective d'enchaîner les rendez-vous arrangés pendant deux longues semaines. Malgré tout, c'est de bonne guerre. Et je dois reconnaître que mes parents me manquent.

– Deux semaines. Mais pas plus, maman !

– On verra, chérie.

Elle raccroche sans me laisser le temps de protester. Elle a mieux pris la nouvelle que je le pensais, mais elle a aussi réussi à m'embobiner. J'imagine que je réfléchirai à ça plus tard, car pour l'heure, je dois avoir une petite discussion avec Lewis.

13 Lewis

Un bruit fracassant me fait sursauter, me tirant du sommeil. Il est suivi par le son d'une cavalcade dans les escaliers, et à l'instant où je m'assois dans le lit, la porte de la chambre s'ouvre à la volée.

– Vous vous foutez de moi ? Qu'est-ce que vous fichez là ? s'exclame une voix en colère.

Je jaillis du lit, en reconnaissant Kris.

– Qu'est-ce que *vous* vous fichez là ? Vous êtes consciente que vous êtes dans ma chambre ?

Elle me lance un regard mauvais.

– Il est plus de 11 heures, Lewis. 11 heures !

Je plisse les yeux et saisis mon téléphone sur la table de nuit, et je regarde les chiffres affichés.

11 : 17

Merde. Je crois que je ne me suis plus levé aussi tard depuis l'époque du lycée ! Je n'ai guère le loisir de me remettre du choc : Kris se met à tempêter au beau milieu de la pièce.

– Je n'arrive pas à croire que vous ne soyez pas fichu de vous lever et d'ouvrir un putain de portail ! Vous êtes le type le plus je m'en foutiste que je connaisse.

Hors du lit, je frissonne, et je me rends compte que je suis planté face à Kris en caleçon et t-shirt – une tenue de nuit assez adaptée à mon domicile new-yorkais bien chauffé, mais beaucoup moins à cet endroit glacial. D'autant que je suis loin d'être passé maître dans l'art d'allumer correctement un feu !

Loin de ces considérations, la jeune femme continue à me faire la leçon.

– Je sais que notre malheureuse petite ville est loin d'être aussi importante que New York à vos yeux, mais ici on est habitués à faire les choses bien ! Le maire est furieux. Il a certainement tenté de vous joindre – enfin de joindre Elijah.

Elle s'empare de mon portable, que j'avais laissé sur silencieux, en me l'agitant sous le nez.

– Là ! Qu'est-ce que je disais ? Ça ne vous pose vraiment aucun problème moral de mettre en danger l'exploitation de votre frère ?

L'effet de surprise passé, je retrouve mes esprits.

– Bien sûr. C'est *moi* qui la mets en danger ! m'exclamé-je agacé.

Elle me lance un nouveau regard noir.

– Qu'est-ce que vous voulez dire ?

– J'ai suivi vos conseils. J'ai consulté les comptes de mon frère – et ceux de la ferme.

Elle accuse le coup, reculant d'un pas comme si je l'avais frappée.

– D'ailleurs, j'ai pu constater que vous n'êtes pas du tout l'associée de mon frère. Et comme vous n'êtes pas non plus son employée, vous n'avez strictement rien à faire ici !

Un silence lourd de tension tombe sur la pièce. Le regard brûlant de colère, Kris s'avance à nouveau vers moi.

– Écoutez-moi bien, Lewis. Cet endroit est important pour Elijah. Il est important pour moi. Il est aussi important pour cette ville, quoi qu'elle en dise. Je ne vous laisserais pas en faire n'importe quoi. Alors, à partir de maintenant, je vais prendre les choses en main, et vous, vous allez vous mettre au travail. Et si ça vous pose un problème, vous n'avez qu'à retourner à New York, compris ?

Une fois de plus, je suis frappé par l'aplomb de cette jeune femme qui m'arrive à peine à l'épaule. Cela dit, il n'est pas question que je la laisse me donner des ordres. Je m'apprête à le lui faire savoir quand des coups de Klaxon se font entendre.

– Je m'en occupe – je pense qu'on a fait perdre assez de temps aux employés de la mairie ! Habillez-vous.

Alors qu'elle fait volte-face et descend les escaliers à toute hâte, j'attrape des vêtements que j'enfile rapidement, avant de me reprendre. Après tout, si cette fille n'a pas mieux à faire que de jouer à la cheffe, grand bien lui fasse !

Renonçant à me presser, je me dirige vers la cuisine, où j'entreprends de préparer du café. Les placards quasiment vides me rappellent douloureusement qu'il faut que je songe à faire des courses. *Non, mais vraiment.* Cependant, le compte en banque de mon frère clame le contraire.

Tandis que l'eau chauffe, je repense aux documents consultés la veille. La ferme de sapins n'a jamais rapporté beaucoup d'argent à mon frère, mais il y a deux ans encore, il faisait un chiffre d'affaires tout à fait décent – assez pour payer ses employés saisonniers et pour lui permettre de vivre correctement, en tout cas. Et l'année dernière, tout a brusquement changé : ses ventes se sont effondrées, sans que je trouve la moindre explication.

Je suis tiré de mes pensées par des pas qui résonnent sous le porche, suivis de coups lourds frappés à la porte. Je lève les yeux au ciel : Kris a toujours l'air aussi furieuse, mais au moins, elle frappe. J'imagine que c'est toujours ça ! Et puis, si je veux comprendre ce qui se passe ici, j'ai tout intérêt à trouver un terrain d'entente avec elle.

Mais lorsque j'ouvre la porte, je me trouve face à trois individus visiblement en colère. Le plus grand des trois me regarde des pieds à la tête.

– Qui tu es toi ? Et qu'est-ce que tu fiches ici, d'abord ?

Je commence à en avoir plus qu'assez des personnes qui débarquent ici en me demandant qui je suis. Et je n'aime pas beaucoup la façon dont ce molosse me regarde. M'appuyant nonchalamment contre le montant de la porte, je prends le temps d'examiner les trois types, avant de répondre. Celui qui s'est adressé à moi est de toute évidence le meneur, et ses deux acolytes n'ont pas l'air très méchants – ni très rassurés.

– Messieurs, je vais être franc avec vous : je n'ai pas bien commencé la journée. Alors je vous suggère de vous présenter et de me dire clairement ce que vous voulez, ou de repartir.

Le meneur me regarde avec une expression surprise presque comique, qui cède bientôt la place à un air menaçant beaucoup moins drôle.

– Je vois. Elijah se planque, hein ? Elijah ! Ramène-toi ici, viens t'expliquer !

Tout en braillant, il tente de me repousser pour entrer. Plaçant la main sur sa poitrine, je le pousse en arrière.

– OK, mon grand. La plaisanterie a assez duré.

Le type regarde sa poitrine, à l'endroit où je l'ai touché, puis il lève les yeux vers moi.

– Je rêve où tu m'as bousculé ? Il m'a bousculé, les gars, hein ? Tu sais qui je suis ? demande-t-il menaçant.

Je soupire profondément, agacé par son petit numéro de brute.

– Non, je ne sais pas qui tu es, parce que tu n'as pas pris la peine de me le dire, petit génie. Quant à Elijah, il n'est pas là.

Il ricane.

– Pas là, tu parles ! Tu lui diras qu'on sait que c'est lui qui cherche à faire des ennuis à monsieur Clarks. Il a intérêt à arrêter de jouer à ça, parce que si on lui tombe dessus, on va lui faire regretter. Pas vrai, les gars ?

Les deux autres échangent un regard incertain, sans doute peu emballés à l'idée de se battre. Lui, en revanche, il a bien le profil à saisir la première occasion de cogner. Il fait pourtant demi-tour, tombant alors face à face avec Kris, qui semble contempler la scène depuis un moment.

– Ça vaut aussi pour toi, Kris !

Suivi de près par ses deux camarades, il se dirige vers un pick-up dans lequel ils grimpent tous les trois. Alors qu'il démarre en trombe, je me tourne vers elle.

– Je crois qu'il est temps que vous m'expliquiez ce qui se passe ici.

Elle soupire profondément.

– Je crois que vous devriez commencer par me suivre.

Je lui emboîte le pas.

– Pour votre information, le type qui est venu à votre porte, c'était Nick Edwards. Une brute notoire.

Je ricane.

– Et moi qui m'imaginais tomber dans une petite ville tranquille.

Elle me lance un coup d'œil par-dessus son épaule.

– Et vous vous attendiez à quoi d'autre ? À voir pousser des sucres d'orge au milieu des sapins ?

– Sans aller jusque-là, j'imaginais une ville calme. Et plus conviviale.

Elle pile et fait volte-face.

– Qu'est-ce que vous savez de cette ville, d'abord ? Vous n'y avez quasiment pas mis les pieds depuis votre arrivée !

– À qui la faute ? De toute façon, j'ai l'impression que depuis que je suis arrivé, tout le monde défile à ma porte. Ce Nick est peut-être une brute notoire, mais il se donne la peine de frapper à la porte, *lui*.

Elle se contente de lever les yeux au ciel et se remet en marche.

– On verra si vous serez aussi enthousiaste lorsque c'est sur vous qu'il frappera…

Je hausse les épaules.

– Rassurez-vous, je sais me défendre. Mais j'aimerais comprendre pourquoi il en veut autant à…

Elle s'immobilise à l'endroit où nous avons coupé les jeunes sapins hier, et en désigne une rangée.

– Il faut en couper une vingtaine pour demain. Vous vous sentez capable de vous en sortir tout seul ?

Je suis surpris de ressentir une pointe de déception en comprenant qu'elle ne compte pas rester ici, aujourd'hui. Mais je me garde bien de le laisser paraître.

– Je devrais m'en sortir, oui.

– Bien. Venez, il y a autre chose que je dois vous montrer.

Je la suis avec une certaine appréhension. Couper une vingtaine de sapins mesurant moins d'un mètre, ça me semble faisable. Cependant, il me faudra bien le reste de la journée pour ça. Je doute de pouvoir faire autre chose !

Je me détends un peu en constatant qu'elle me conduit à présent dans une zone peuplée de minuscules sapins qui ne dépassent pas quelques dizaines de centimètres de hauteur. Et dont la couleur tire étrangement sur le jaune.

Kris s'accroupit près de l'un d'entre eux et je m'approche à mon tour, examinant attentivement le plant.

– Regardez ça, m'ordonne-t-elle.

– Il est malade ?

Kris se redresse, le visage grave.

– Pas vraiment. Je veux dire que ça, ça ne ressemble pas du tout aux effets d'une maladie ou d'un nuisible. Et seuls ceux-là sont touchés. On les destine à être coupés lorsqu'ils sont encore assez petits. Et c'est toute la production des deux prochaines années.

Je tressaille.

– Vous êtes sûre ?

Elle se mord la lèvre, et j'ai la certitude qu'elle lutte pour ne pas se mettre à pleurer. J'ai beau ne pas être particulièrement calé dans le domaine arboricole, il n'y a qu'une explication. S'il ne s'agit ni d'une maladie ni d'une invasion de nuisible, il ne peut s'agir que d'une seule chose.

– Un empoisonnement…

Je me rends compte que j'ai prononcé le mot à voix haute, et Kris semble brutalement tirée de sa torpeur.

– Je ne vois qu'un seul moyen d'être fixée, déclare-t-elle.

Sortant un sécateur de sa poche, elle coupe le jeune plant à la base.

– Je m'occupe de ça. Vous, chargez-vous de la commande pour demain. Et… venez dîner chez moi ce soir. Je crois qu'effectivement, il est temps de vous expliquer deux ou trois choses.

Je la regarde s'éloigner d'un pas énergique, avant de me tourner à nouveau vers les rangées de jeunes sapins. Je commence à me dire que j'ai vraiment sous-estimé les difficultés que mon frère doit gérer au quotidien.

En proie à ma mauvaise conscience, je décide de regagner le chalet pour avaler quelque chose avant de me mettre au travail.

Au fur et à mesure que j'avance, la fine pellicule de neige craque sous mes pas. Tout à coup, je me rends compte que c'est le seul son que j'entends, et qu'il n'y a pas âme qui vive aux alentours, à présent que Kris a disparu. Une angoisse soudaine me serre la poitrine à la perspective de passer le reste de la journée seul ici.

Cherchant un moyen de briser le silence, je m'empare de mon portable, et je suis tenté de composer le seul numéro que je me sois donné la peine d'apprendre par cœur ces dernières années : celui de Matthew. Toutefois, je finis par le remettre dans ma poche. Je suppose qu'il n'y aurait aucun mal à ce que j'appelle mon ami. Mais je sais que je ferai aussi tout pour savoir comment ça se passe chez Barrett & Reese, et comment s'en sort mon frère. Aussi mesquin que ce soit, j'aimerais l'entendre me dire qu'il a du mal à s'adapte à son nouvel environnement !

14

Kristen

Alors que je m'active dans mon salon pour y mettre un peu d'ordre, je me rends compte que mon rythme cardiaque s'emballe. Le meilleur moyen d'exposer clairement la situation à Lewis, c'est qu'il vienne à la maison afin que je puisse lui montrer certains documents. Cela n'a rien d'un rendez-vous romantique – d'autant qu'il ne m'apprécie pas plus que je ne l'apprécie. Mais je n'en suis pas moins nerveuse à l'idée de lui ouvrir ma porte. Mon pouls accélère encore lorsqu'un faisceau lumineux surgit dans le jardin – les phares de son pick-up annonçant son arrivée.

Quelques instants plus tard, Lewis frappe à la porte. Lorsque j'ouvre, son regard sombre étincelle de malice, ce qui ne me dit rien qui vaille.

– Bonsoir.

Je me flagelle intérieurement en constatant que j'ai du mal à soutenir son regard, et je m'écarte.

– Il fait un froid polaire, ce soir. Entrez.

Il s'exécute et une fois la porte refermée, il la désigne d'un signe de la tête.

– Vous voyez : c'est comme ça que font les gens civilisés. Ils frappent, ils saluent, et ils attendent qu'on les invite à entrer.

Je relève la manche de mon pull et je regarde ostensiblement ma montre.

– Moins d'une minute, et j'ai déjà envie de vous tordre le cou. Vous vous améliorez de jour en jour.

– J'ai prévu de quoi me faire pardonner.

Il brandit un paquet blanc carré qui porte le logo du Pop's, avant d'annoncer.

– Tarte noix de pécan et sirop d'érable. Il paraît que vous adorez.

Je sens mon visage qui s'empourpre violemment :

– Vous n'avez tout de même pas dit à Dorie que vous dîniez ici ?

Il hausse les épaules avec nonchalance.

– Si. Elle a l'air de vous adorer. Et c'est la seule personne qui se soit montrée un tant soit peu amicale avec moi depuis mon arrivée. Même si je dois reconnaître que le couple qui tient la boutique de vêtements…

Je laisse échapper un cri de frustration.

– Est-ce que vous lui avez dit qui vous êtes ?

– Je lui ai dit comment je m'appelle, oui. C'est aussi le genre de choses que font les gens civilisés.

J'ai tout à coup envie de le frapper.

– Oh, arrêtez avec ça ! m'exclamé-je.

– Mais enfin, pourquoi ça vous inquiète à ce point ?

– Parce que vous n'êtes pas à New York, ici ! Tout le monde se préoccupe de ce que fait son voisin. J'ai assez d'ennuis sans avoir des rumeurs stupides à gérer en plus !

– C'est pas vous qui faites et qui défaites les rumeurs avec votre blog ?

Je relève vivement la tête.

– Vous êtes au courant ?

Il me colle la boîte de gâteaux dans les mains, retirant son manteau.

– Vous permettez ? Contrairement à chez moi, il fait bon, chez vous. Et oui : Dorie m'a parlé de votre blog. Et de deux ou trois autres choses.

Je le dévisage, pour tâcher de le jauger. Impossible de dire s'il est sérieux ou s'il cherche juste à me rendre nerveuse. Finalement, je me mets à rire.

– Bon sang. Je suis contente que votre frère ne soit pas aussi doué que vous pour bluffer. Il y a longtemps qu'il m'aurait plumée.

Il hausse un sourcil.

– Comment ça, « plumée » ?

– Au poker. Il est doué. Mais ses émotions finissent toujours par le trahir. Je suis sûre que ça n'est pas votre cas. Vous jouez ?

Il me regarde d'un air dubitatif.

– Plus depuis la fac. Et j'ignorais que mon frère jouait.

Je ressens une vague sensation de malaise. Lewis semble tout ignorer de son frère, ce que je trouve terriblement triste.

Chassant cette idée, je l'entraîne vers le vaste espace qui tient lieu de salon et de salle à manger, et il émet un petit sifflement admiratif.

– Votre chalet est magnifique.

– En réalité, c'est celui de mes parents. Quand j'étais petite, nous venions ici tous les hivers, pour les vacances. Je rêvais de venir y vivre, quand je serais grande.

– Et vous l'avez fait.

– Oui. Je suis arrivée à peu près en même temps qu'Elijah. On a sympathisé tout de suite.

Il me contemple avec une expression étrange.

– Pourquoi ?

Je le fixe, prise de court par la question.

– Comment ça, pourquoi ?

– Je me demande juste… comment vous décririez mon frère ?

Une ombre passe sur son visage. Mais il retrouve rapidement son expression neutre habituelle.

– Eh bien, je dirais qu'il est ouvert d'esprit, chaleureux, et volontaire. Il est aussi fiable et loyal.

Il ricane.

– Aïe. Ça doit vous faire un sacré changement avec moi.

Je l'observe un instant. Bien qu'il conserve un visage impénétrable, j'ai la curieuse impression que son ton sarcastique dissimule une certaine tristesse. Et aussi agaçant qu'il puisse être, je ne peux pas m'empêcher de ressentir une pointe de culpabilité. En même temps, je ne peux pas lui donner entièrement tort.

– Eh bien… il est évident que votre frère et vous, vous n'avez pas grand-chose en commun. Mais je vous assure que je n'ai rien contre vous, Lewis. Je pense simplement que votre place n'est pas ici, et qu'Elijah devrait rentrer. En particulier avec tout ce qui se passe en ce moment.

Il s'installe sur le canapé en soupirant.

– Et si vous commenciez par m'expliquer ce qui se passe, justement ? Après tout, c'est pour ça que je suis là, non ?

Je me détends un peu, soulagée que la conversation s'oriente sur un terrain moins personnel. Je m'assois à mon tour sur le canapé, en veillant cependant à conserver une certaine distance entre nous.

Alors que je cherche par où commencer, mes yeux tombent sur ses mains. Je suis surprise de remarquer qu'elles sont larges et fortes – presque des mains d'artisan. Je relève vivement la tête, embarrassée de l'examiner de cette façon, et j'en reviens à la raison de sa visite.

– Tout a commencé il y a environ deux ans. Elijah a remarqué que quelque chose n'allait pas avec les animaux. Ils étaient moins nombreux – *beaucoup* moins nombreux.

– Il y a des chasseurs, par ici, non ?

J'acquiesce.

– Oui. Et ils n'aiment pas votre frère, d'ailleurs. Ils avaient l'habitude de venir chasser ici avant qu'il ne reprenne la ferme. Bref. Même eux, ils se sont rendu compte qu'il y avait un problème. Les animaux sont bien là, mais ils ne se reproduisent pas normalement.

– Vous êtes sûre de ça ? Je suppose que personne ne parcourt la montagne en comptant les écureuils…

Je ne peux pas retenir un sourire.

– J'imagine que ça n'a aucun sens pour un homme d'affaires new-yorkais, mais il se trouve que si : des personnes comptent les individus de la plupart des espèces qui peuplent les Appalaches.

Je m'attends à ce qu'il lance un commentaire ironique, au lieu de quoi il réfléchit un instant.

– Je vais être honnête : ma connaissance de la faune et de la flore se limite principalement à celles de Central Park. Mais est-ce qu'il n'est pas possible que ce soit un phénomène ponctuel ?

– Si, en effet. En fait, c'est ce qu'on espérait. Mais au printemps, on a noté que le phénomène s'accentuait. Et un jour, Elijah a trouvé un oiseau mort, sans que l'on puisse établir pour quelle raison. Je vous épargne les détails, mais après avoir exploré plusieurs pistes, on s'est orienté vers l'eau. On a pensé qu'elle pouvait être polluée.

Alors que je marque une pause, je remarque que Lewis m'écoute avec une profonde attention. Je dois faire un effort pour ne pas me laisser déstabiliser par l'intensité de son regard et pour reprendre le fil de mon récit.

– Vous avez sans doute remarqué qu'ici, tout se sait ?

Il se contente de hocher la tête.

– Le maire n'a pas tardé à être au courant de nos interrogations, et il nous a promis de faire analyser l'eau, reprends-je.

– Laissez-moi deviner : il ne l'a jamais fait ?

Je soupire profondément.

– Si. En fait, il a même demandé une analyse de tous les cours d'eau des environs. Rien à signaler.

– Mais… ?

Je me mordille la lèvre un instant.

– Elijah a pris le temps d'éplucher tous les documents. Il s'est rendu compte qu'un seul cours d'eau avait été « oublié » : le Little Dee. Un torrent qui passe entre ses terres et la fabrique d'ActiveWave.

Lewis fronce les sourcils.

– Mon frère a pris sur lui de faire réaliser des analyses ?

Je secoue la tête.

– En fait, il est allé le signaler au maire. Il pensait que c'était une erreur.

Lewis lève les yeux au ciel.

– Il est tellement naïf.

Je suis tentée de protester. Pourtant, c'est vrai. Il a été naïf, et je n'ai pas été plus futée que lui, sur ce coup-là.

– Quoiqu'il en soit, on a effectivement décidé de faire procéder à une analyse nous-même. Seulement, entre-temps, votre grand-père…

Je m'interromps, en réalisant que nous n'avons jamais abordé le sujet. Lorsque je lance un coup d'œil à Lewis, je saisis une lueur fugitive dans son regard. Mais il n'a visiblement pas l'intention de s'attarder davantage sur cet événement, et il m'enjoint sèchement de continuer.

– Je vois. Et ensuite ?

Je sens mon visage s'empourprer au moment d'admettre la vérité.

– J'avais promis à Elijah de l'attendre, mais je me suis dit que je pourrais peut-être, je ne sais pas… rassembler quelques informations… et une chose en entraînant une autre… j'ai récolté des informations plus précises…

– Et quelques ennuis, je suppose ? C'est pour ça que ces

types ont débarqué chez moi ce matin ? Parce qu'ils ont peur qu'Elijah et vous, vous cherchiez des ennuis à leur employeur ?

Je me détourne, franchement embarrassée. Mais je finis par lui détailler les événements des derniers jours.

Lorsque je termine mon récit, il me dévisage longuement, avant d'émettre un petit sifflement.

– Eh bien… Je me doutais que vous n'aviez pas froid aux yeux. Mais j'étais loin d'imaginer ça. On peut dire que vous avez mis mon frère dans un sacré merdier !

Je me relève brusquement.

– Je ne m'en serais jamais rendu compte sans vous. Merci d'être passé.

Il se lève à son tour, me dominant de toute sa taille.

– Ne commencez pas, Kris ! Vu vos récentes mésaventures, il semblerait que je sois votre seul allié, en ce moment. Et tout ça ne m'explique pas pourquoi les ventes de mon frère ont brusquement chuté dès l'année dernière.

Je déteste son petit ton autoritaire et condescendant. Je m'efforce cependant de prendre sur moi.

– Elijah pensait que puisqu'on ignorait ce qui se passait, il était indispensable de protéger les animaux. Et d'interdire la chasse – ou du moins, de la limiter.

– En gros, mon frère s'était déjà mis à dos les adeptes de la chasse et grâce à vous, il doit aussi affronter l'entreprise qui fait quasiment vivre cette ville…

À ma grande surprise, il se met à rire.

– *Maintenant*, ce séjour devient vraiment intéressant !

Je reste littéralement sans voix.

OK. Donc, il est dingue.

Comme s'il lisait dans mes pensées, il se penche vers moi, les yeux pétillants.

– Je ne suis peut-être pas aussi ouvert d'esprit et chaleureux que mon frère, mais croyez-moi : je suis bien plus efficace que lui dans ce genre de situation.

Je le contemple longuement, toujours muette de stupéfaction. Il semble très sûr de lui – bien plus qu'il ne l'a jamais été depuis son arrivée. Et j'ai tout à coup la certitude que ça n'augure rien de bon…

15

Lewis

– Vous pensez *vraiment* pouvoir nous sortir de là ? demande Kris avec une pointe d'espoir dans la voix.

J'ignore si c'est l'effet du vin ou d'un excès de la fameuse tarte aux noix de pécan, mais Kris et moi sommes affalés sur son vaste canapé, fixant le mouvement hypnotique des flammes dans la cheminée.

Dans le doute, je repose mon verre – après tout, la dernière fois que j'ai un peu trop bu, les conséquences ont été pour le moins inattendues. Même si elles ne sont pas entièrement désagréables. Après tout, ça a son charme d'avoir de la compagnie.

Elle me donne un petit coup de coude, me tirant de ma méditation.

– Sérieusement, Lewis.

Je hoche lentement la tête.

– Je ne suis peut-être pas au top en matière de sapins, mais quand il s'agit de naviguer au milieu des requins, croyez-moi : je me débrouille très bien.

Je sens son regard se poser sur moi.

– On n'est pas à Wall Street ou à Manhattan, ici. Quand un type comme Nick menace de vous taper dessus, c'est pas des paroles en l'air.

J'espère bien.

La pensée me frappe de plein fouet, et il me faut quelques instants pour l'accepter. Une part de moi a envie d'avoir l'occasion de frapper sur un sale type. *Littéralement.* Je ressens brusquement une sourde colère qui gonfle dans ma poitrine au point de m'empêcher de respirer.

Je suis furieux. Furieux après mon grand-père – furieux qu'il n'ait pas été éternel, furieux qu'il nous ait quittés. Je lui en veux, comme s'il avait décidé délibérément de s'éteindre sans crier gare. Et j'en veux à mon frère de m'avoir tenu à l'écart de sa vie, et de ne pas m'avoir dit qu'il avait des ennuis.

– Pourquoi il ne m'a pas dit qu'il avait des ennuis, ce petit con ?

Je réalise trop tard que j'ai posé la question à voix haute. À côté de moi, Kris remue et se redresse légèrement, et j'en fais autant, secouant la tête pour la dissuader de répondre :

– Je sais. Je suis nul, comme frère. Vous savez quoi ? J'ai toujours pensé qu'Elijah s'en sortait uniquement parce que notre grand-père lui donnait de l'argent en douce. Voilà, le genre de type que je suis.

Le silence tombe un instant sur le salon, et Kris se met à rire.

– Vous êtes effectivement un nul, Lewis Barrett. Mais vous êtes un nul qui a trop bu et qui est en train de pleurer sur son sort sur mon canapé.

Je tente péniblement de me lever.

– Vous avez raison, Kris…

Tout à coup, je me tourne vers elle, confus.

– Mais au fait, comment vous vous appelez ?

– Kristen. Kristen Chestfield.

Je l'examine avec attention, songeant que c'est un joli nom.

– Eh bien, Kristen Chestfield, je vous remercie pour votre hospitalité. Je vais aller pleurer sur mon sort sur mon propre canapé.

Elle se lève, plaquant ses mains sur ma poitrine pour me repousser, et je retombe lamentablement sur le canapé.

– Vous n'êtes pas en état de conduire. Vous allez dormir ici, c'est plus prudent.

Je suis tenté de lui tenir tête. Cependant, j'ai la sensation que le sol et les murs tanguent légèrement, et je ne proteste pas quand elle va chercher un oreiller et une couverture. Avant d'avoir compris ce qui se passe, je sombre dans un sommeil lourd.

***

Un flot de lumière vive me tire du sommeil, et il me faut un long moment pour parvenir à ouvrir les yeux. Découvrant un environnement qui ne m'est pas familier, je peine à réaliser où je suis. Tout à coup, je me rappelle avoir passé la soirée chez Kris, après un après-midi à couper des sapins pour une commande…

Merde !

Repoussant la couverture, je me lève précipitamment, cherchant mon téléphone pour savoir l'heure qu'il est. Je l'aperçois sur la table basse, posé sur une feuille de papier comportant une note manuscrite et d'une boîte d'aspirine et d'un verre d'eau.

Je m'occupe de la commande de sapins. Il y a du café dans la cuisine. Je crois que vous en aurez besoin.

K.

Je soupire de soulagement en me saisissant du bocal d'aspirine. Comment fait cette fille pour avoir autant d'énergie ?

Une fois le comprimé avalé, j'explore les lieux du regard. Ce chalet est vraiment immense, et assez luxueux. Un environnement qui ne me semble pas vraiment en phase avec la personnalité de sa propriétaire.

Tandis que je me mets en quête de la cuisine, j'examine les toiles qui ornent les murs. Sans doute un choix de ses parents, qu'elle se sent obligée de respecter. D'une certaine façon, ça nous fait un point en commun.

Apercevant enfin la cafetière, je me rends compte que Kris a déposé une tasse juste à côté, ainsi qu'une assiette contenant des pancakes et un flacon de sirop d'érable. Je souris en songeant à sa tarte préférée. Il semblerait qu'elle soit addict au sirop d'érable. Tout en engloutissant mon petit-déjeuner, je me demande ce que je pourrais apprendre d'autre sur elle, si je me mettais à fouiner. Je repousse toutefois cette tentation puérile, et j'attrape mon téléphone.

Je commence par composer le numéro de téléphone de ma mère, qui décroche à la première sonnerie :

– Elijah, chéri…

– Non, maman, c'est moi. Lewis.

– Oh, Seigneur : c'est vrai ! Vous allez me rendre dingue tous les deux. Tu n'imagines pas les trésors d'imagination que j'ai dû déployer pour éviter que ton père ne remarque quelque chose. Enfin, j'ai réussi à le convaincre de partir pour la Floride. Tous nos amis sont ici, ça lui permet d'oublier un peu sa peine.

J'étouffe un soupir. Mon père n'est pas très expansif, il a toujours mis un point d'honneur à maîtriser ses émotions. Je me suis toujours efforcé d'en faire autant, mais la révolte qui m'accablait hier soir me revient comme un boomerang. Je me demande s'il ressent la même chose.

– Je suis désolé que tu te retrouves mêlée à tout ça, tu sais, dis-je.

– Oh, ne t'en fais pas pour ça. J'ai eu quelques sueurs froides, mais pour être franche, c'est aussi divertissant. Comment tu t'en sors, à Belvidere ?

J'étouffe un soupir. Il est hors de question qu'elle sache dans quelle situation s'est fourré mon frère. Et je n'ai pas plus envie qu'elle sache que je ne m'en sortirais probablement pas sans l'aide de Kris.

– Tout va bien.

– Oh. Tant mieux, mon chéri. Oups... Voilà ton père...

Je ne peux pas m'empêcher de sourire au son de sa voix lorsqu'elle raccroche précipitamment. Elle a l'air de vraiment s'amuser. Quant à moi, je suis à présent rassuré : mon père ne se doute de rien. Mais il me reste encore un coup de fil à passer...

Je compose le numéro de Matt. Cette fois, les sonneries s'enchaînent, mais à l'instant où je pense être basculé sur la boîte vocale, mon ami décroche :

– Lewis ! Comment tu vas ?

Je reste interloqué un bref instant.

– Comment tu connais ce numéro ?

Il bougonne.

– Tu es l'un des hommes d'affaires les plus en vue de cette ville, et le PDG de cette société. En tant qu'ami, je veux bien jouer le jeu, mais en tant que professionnel, je dois savoir en permanence où tu es et comment te contacter. Juste au cas où.

Je ne peux pas réprimer un sourire. Du Matt tout craché... même si je l'ai connu moins tendu.

– Tu vas bien ?

Il soupire.

– En dehors du fait que mon boss est parti au ski sur un coup de tête, ça peut aller. Et toi, dans tes bois ?

Je jette un coup d'œil à la forêt qui entoure le chalet de Kris. Pour la première fois depuis mon arrivée, je me sens moins oppressé. Je me surprends même à apprécier la vue.

– Disons que les choses sont différentes que ce que je pensais. D'ailleurs, c'est pour ça que je t'appelle. J'ai besoin que tu fasses quelque chose pour moi.

– C'est pas contre les règles, ça ? J'avais cru comprendre que ton frère et toi, vous deviez vous débrouiller uniquement avec les ressources dont vous disposez.

– Elijah t'a bien briefé. Mais c'est un Barrett. Techniquement, il pourrait faire cette requête… En tout cas, si je ne me comportais pas toujours comme un con avec lui.

Matt émet un petit sifflement.

– Dis donc, ça te change, l'air de la montagne. Alors : qu'est-ce que tu attends de moi ?

– Je voudrais que tu te renseignes sur ActiveWave.

– La marque de vêtements de sport ?

– Oui.

– J'imagine que je ne suis pas censé poser de questions.

– Et il faudrait aussi que tu fasses en sorte que ta petite enquête n'arrive pas aux oreilles d'Elijah.

– Évidemment… Est-ce que je peux au moins savoir si je dois m'inquiéter au sujet du bûcheron qui te tient lieu de nouvel associé ?

– Quoi ?

– Ce Chris. C'est ton nouveau meilleur ami ?

Je me mets à rire.

– Oh. En fait, Kris est une femme.

Mon ami laisse échapper une exclamation.

– Que…

– ActiveWave, Matt. C'est urgent.

Il soupire.

– Je te rappelle dans la soirée.

***

Lorsque j'arrive à la ferme, je constate qu'il n'y a plus personne. Pourtant, en franchissant la porte du chalet, j'aperçois une feuille posée sur mon ordinateur. J'en conclus que Kris continue donc à aller et venir ici comme si elle était chez elle, et qu'elle apprécie de communiquer par écrit. Cette petite manie ne doit pas manquer de charme quand il s'agit de semer des mots doux, mais en l'occurrence, elle m'a laissé une liste détaillée de tâches à accomplir afin de préparer l'ouverture imminente de la boutique.

La « boutique » est en fait une annexe qui flanque le hangar, dans laquelle je ne suis pas encore entré. D'après les notes de Kris, je suis censé vider les lieux et y passer un coup de balai. Rien de bien compliqué… du moins jusqu'au moment où je passe la porte. L'espace est bien plus vaste que je ne le pensais, et il est envahi de poussière. Des étagères trônent au beau milieu de la pièce, et il est évident qu'elles ont connu des jours meilleurs. J'ignore à quoi elles servent, mais quoi que l'on soit censé y poser, il m'apparaît évident qu'il va falloir les renforcer.

L'après-midi est bien avancé lorsque la boutique est à peu près présentable. Une fois les étagères nettoyées, je découvre des meubles simples, bâtis en sapin – une évidence, vu la région. Quoiqu'elles soient en meilleur état que ce que je pensais, quelques clous et vis supplémentaires ne seraient pas superflus pour les consolider.

Au contraire de la boutique, l'atelier de mon frère est très ordonné, et je ne mets pas longtemps à rassembler ceux dont j'ai besoin. À l'instant où je m'apprête à partir, je remarque un coffret qui attire mon attention. En l'ouvrant, je découvre un jeu complet de ciseaux à bois. J'en saisis un avec précaution, et je réalise vite que bien qu'il soit parfaitement entretenu, il est assez ancien.

J'examine le manche, et je ne tarde pas à y découvrir deux lettres poinçonnées : W. B. pour William Barrett. C'est le jeu de ciseaux avec lequel notre grand-père a réalisé ses toutes premières décorations de Noël, à l'époque où il n'était qu'un apprenti artisan. Un violent chagrin s'empare de moi, et les larmes me brûlent dangereusement les yeux. Je n'arrive pas à croire que mon grand-père l'ait donné à mon frère !

En même temps, comment aurait-il pu faire autrement ? Si tu lui avais parlé…

Je remets le ciseau à sa place et je referme le coffret, avant de le glisser sous mon bras et de reprendre le chemin de la boutique.

Tout à mes occupations, je remarque à peine que la nuit est tombée, et je sursaute violemment quand la sonnerie du téléphone se fait entendre. Je décroche immédiatement :

– Matt ? Tu as les infos ?

– Oui. Et elles ne sont pas brillantes.

– Dis-moi.

– ActiveWave, société familiale fondée sensiblement en même temps que celle de ta famille. Spécialisée au départ dans les vêtements de montagne classiques, avant de faire aussi dans les équipements de sport de haut niveau.

– Je sais tout ça, Matt.

– Mais est-ce que tu savais que dans les années 70, son fondateur, Mickaël « Mickey » Taylor frayait avec la mafia new-yorkaise ?

– J'avoue que celle-là, je ne l'ai pas vu venir.

– Aujourd'hui, Trent, le petit-fils et héritier de ce bon vieux Mickey se contente de toujours être très proche du gouverneur de l'Oregon et de celui du Massachusetts, les états dans lesquels se trouvent ses principaux sites de fabrication.

– Et pas du gouverneur de l'Illinois ?

– Non. Il conserve cette fabrique pour le symbole – pour le côté « là où tout a commencé ». Ce n'est pas à toi que je vais apprendre que le côté « entreprise familiale fidèle à ses origines » ça fonctionne toujours au niveau marketing.

– S'ils se donnent la peine d'entretenir des contacts aussi hauts placés, c'est forcément qu'ils ont des choses à cacher. Tu peux me dire quoi ?

– Non. Ils ont bien été soupçonnés d'avoir utilisé une teinture allergène pour une parka il y a quelques années, mais l'affaire n'est jamais allée jusqu'au procès. Ça s'est réglé à l'amiable, et même si le modèle de parka a été retiré du marché, on n'a pas de preuve formelle que l'accusation était fondée.

Mais on a un précédent en matière d'usage de produits chimiques douteux…

16

Kristen

Il me faut moins d'une heure pour atteindre Rockford. Je m'efforce de m'extraire de mes pensées pour me concentrer sur la route. Car ici, le trafic est plutôt dense ! Bien que la ville soit loin de figurer parmi les plus grandes du pays, elle compte bien cent cinquante mille habitants. À côté, Belvidere est quasiment un village. Un *charmant* village, aurais-je dit il y a quelque temps encore. Aujourd'hui, je n'en suis plus aussi sûre.

La dernière fois que je suis venue ici, c'était pour déposer les échantillons d'eau du Little Dee au labo. Et me voilà déjà de retour, pour essayer de déterminer ce qui a bien pu empoisonner de jeunes sapins… Avec un soupir, je prends la direction du Lily's Garden Center, la jardinerie de Wayne Coughlin.

Lorsque je me gare devant le vaste magasin, je contemple la sélection de plantes installées devant les portes. D'ici quelques jours, les sapins de la ferme y prendront leur place. Mon cœur se serre en me disant que ce sera peut-être bien la dernière année.

Avec un soupir, je franchis les portes et je cherche Wayne du regard. Je ne l'ai pas vu souvent, mais je repère vite sa silhouette massive. Je souris intérieurement en me souvenant du jour où Elijah me l'a présenté. Quand il me parlait de l'homme qui lui avait tout appris de l'horticulture, j'imaginais un vieil homme un peu fluet. Or, Wayne est une espèce d'énorme géant, et c'est toujours étonnant de le voir se déplacer à travers les plantes et les arbustes sans en briser une seule branche.

Je m'approche de lui, et je le découvre en train de donner des directives à deux jeunes employés. Je décide de ne pas l'interrompre et d'attendre pour me manifester. Cependant, il ne tarde pas à m'apercevoir, et il m'adresse un grand sourire.

– Hé ! Mais ne serait-ce pas la charmante Kristen ? Tu sais que j'ai un petit gars de chez toi qui travaille ici, maintenant.

D'une main ferme, il pousse l'un de ses deux employés en avant. Je reconnais immédiatement Steve, un jeune homme qui a fait plusieurs saisons à la ferme en tant que vendeur. Et le fils de l'un des chasseurs qui boycottent notre production depuis maintenant deux ans ! Je le salue en souriant, mais je suis ravie de voir Wayne l'envoyer vaquer à ses occupations.

– Alors ? Quelles nouvelles de la ferme ? Elijah m'a promis ses plus beaux arbres ! Comment ils sont ?

Je m'éclaircis la gorge, mal à l'aise.

– On pourrait discuter en privé ?

Wayne acquiesce, m'entraînant vers son bureau situé au fond du magasin. Il referme précipitamment la porte derrière nous.

– Qu'est-ce qui se passe Kris ? Elijah a des ennuis ?

Je hoche la tête, extirpant le jeune plant de sapin d'un sac. Fronçant les sourcils, Wayne l'observe un moment, avant de le prendre précautionneusement. Anxieuse de savoir ce qu'il en pense, je décide d'aller droit au but.

– Toute une partie des plantations est touchée. Et pour moi, ça ne ressemble ni à une maladie ni à un nuisible.

Wayne reste un long moment silencieux, en examinant le plant avec attention.

– Tu as examiné l'herbe autour des plants ?

– Oui. Mais il neige déjà depuis plusieurs jours.

Il grommelle.

– Je ne peux pas te dire quelle sorte de produit on a utilisé. Ça peut aussi bien être un herbicide puissant qu'un simple bidon de vinaigre. Mais ce plant a visiblement été arrosé volontairement d'un produit nocif.

Je ressens un violent mélange d'accablement et de frustration, et mes sentiments se lisent sans doute sur mon visage, car Wayne me lance un coup d'œil navré.

– Je suis désolé, Kris. J'aurais aimé pouvoir me montrer plus précis. Le seul moyen d'être véritablement fixé, ce serait de faire une analyse.

Je ne peux réprimer une moue. J'avais bien entendu pensé à l'option du labo, mais mes économies ont fondu comme neige au soleil, cette année. Mon blog ne me rapporte pas énormément d'argent, et je l'ai beaucoup délaissé pour aider Elijah, ces derniers mois. Je m'efforce malgré tout de sourire à Wayne.

– Merci pour ton aide. C'est déjà énorme.

Refusant le café qu'il me propose, je prends rapidement congé, et je regagne le parking. À peine installée au volant, je me mets à réfléchir. Quoi qu'il en dise, je doute que Lewis tire la ferme de ce mauvais pas. Cela me brise le cœur pour Elijah.

Reprenant la route, je décide de faire un détour par le siège du *Mountain News Express*. Le journal couvre l'actualité de la ville, ainsi que de toutes les montagnes environnantes, et il arrive que je fasse quelques piges pour eux. Tous les ans, le journal publie une publicité pour la ferme plusieurs jours avant l'ouverture, et pendant les semaines qui suivent. Cette année, faute de budget, l'annonce ne paraîtra que ce week-end. Si je passe en personne, je peux toujours essayer de négocier la prolongation de la publication pour quelques jours supplémentaires.

***

À l'instant où j'entre dans les bureaux du journal, je me souviens de la raison pour laquelle je n'ai jamais voulu y travailler à temps plein. Un désordre absolu y règne, et j'ai l'impression qu'il y a toujours un téléphone qui sonne quelque part. D'un autre côté, au rythme où vont les choses, il est probable que je finisse par devoir renoncer à mon blog et à devoir me chercher un job à temps plein.

– Kris ?

Je sursaute, en découvrant Thomas Allen, le rédacteur en chef, juste à côté de moi.

– C'est bien toi ! Si ça, c'est pas un signe ! Viens, suis-moi, s'exclame-t-il.

Je m'exécute en retrouvant tout à coup un peu d'optimisme. Visiblement, Thomas est de bonne humeur, et il pourrait accepter de me rendre service.

Une fois dans son bureau, il ferme la porte – ce qui ne diminue pas vraiment le volume sonore qui règne dans les locaux.

– Je ne sais pas si tu as déjà eu l'occasion de rencontrer Jenna. C'est elle qui s'occupe de la rubrique Opinion. Elle part en début d'année, et il me faut absolument quelqu'un pour la remplacer.

Je pince les lèvres. Aïe. Je n'ai pas souvenir d'avoir lu une seule fois cette rubrique ! Thomas se met à rire.

– Pour ton information, nos lecteurs peuvent nous adresser leurs billets d'humeur via le site, et nous les publions dans la version papier et sur le web. Seulement, il faut trier tout ça. C'est un job que tu peux faire à distance, et qui ne te prendra que quelques heures par semaine. Ça me retirerait une sacrée épine du pied.

Cela ne me semble pas être le job le plus palpitant du monde, mais ça m'aiderait incontestablement à boucler les fins de mois. Et je tiens la parfaite occasion de négocier une pub plus conséquente pour la ferme !

⁂

En reprenant la route de Belvidere, je retrouve assez confiance en l'avenir pour brancher la radio et battre le rythme en tapotant sur le volant, chantonnant même à l'occasion. Il y a plusieurs kilomètres que j'ai laissé toute zone urbaine derrière moi lorsque la nuit commence à tomber. Je jette un coup d'œil à l'heure : d'ici une dizaine de minutes, je serais rentrée. La publicité sera publiée dès demain, et il va falloir commencer à mettre en place la boutique ce week-end. Je décide immédiatement de passer à la ferme en arrivant, afin de voir où en est Lewis. Je me surprends à sourire à cette idée, et même à ressentir une pointe d'impatience.

Aussitôt, mon enthousiasme retombe un peu.

Qu'est-ce qui me prend ? Ce n'est pas le moment de…

Je sursaute violemment en voyant surgir une voiture dans le virage, face à moi. En une fraction de seconde, je réalise qu'il s'agit d'un SUV aux vitres teintées qui franchit la ligne pour rouler en pleine gauche, fonçant droit sur moi. En un demi second, je parviens à lire les premiers chiffres de la plaque d'immatriculation. Puis, par réflexe, je donne un violent coup de volant sur la droite. L'instant suivant, je suis violemment projetée vers l'avant, tandis que l'air bag se déclenche et qu'un bruit de tôles froissées emplit l'habitacle. Je distingue encore un bruit lointain de crissements de pneus, et le silence se fait tout autour de moi.

Seul un bruit assourdi résonne à mes oreilles, et il me faut un long moment pour réaliser que ce sont les battements de mon cœur. Je me sens littéralement assommée, et l'air bag qui me comprime me donne l'horrible impression de m'étouffer.

Sous le coup de l'adrénaline, je parviens pourtant tant bien que mal à réfléchir.

J'ignore si je suis blessée, mais je sais une chose : la nuit est en train de tomber, et peu de monde passe sur cette route. Je n'ai aucune envie de mourir de froid dans ma voiture. Avec précaution, je remue le bras droit, et je fouille dans ma poche. J'arrive à saisir mon téléphone, et je le manipule aussi délicatement que possible, craignant de le faire tomber et atterrir hors de ma portée. À tâtons, je cherche le bouton marche/arrêt. Je sais que je suis censée appuyer dessus un nombre de fois précis pour déclencher un appel d'urgence, mais impossible de me souvenir.

Trois ou cinq fois ? Réfléchis, Kris !

Je lutte un long moment, mais mon téléphone finit par émettre un son bref et aigu. Tout à coup, je regrette amèrement de ne pas avoir prêté davantage attention au mode d'emploi de l'appareil. J'espère que ce son signifie que l'alerte est lancée, parce que ma tête commence à se faire lourde. Très lourde.

17
Lewis

La salle du Pop's est bien remplie lorsque je pousse la porte. Cela n'empêche pas Dorie de me repérer immédiatement et de me saluer depuis l'arrière du comptoir, où elle s'active à préparer une ribambelle de boissons chaudes, accompagnées pour la plupart de pâtisseries.

– Bonsoir, Lewis !

Quelques visages se tournent vers moi, me regardant avec une certaine curiosité. J'imagine que la nouvelle de mon arrivée en ville est maintenant connue de tous. Je réalise avec une pointe d'amusement que je fais de toute évidence l'objet de la conversation de deux dames d'âge honorable installées près d'une fenêtre qui échangent à voix basse en me dévisageant ouvertement.

Je suis tenté de m'installer dans un des box, mais je décide finalement de me diriger vers le comptoir. Dorie est la femme la moins discrète du monde, mais je commence à m'habituer à sa familiarité. J'ai même l'agréable sensation de me sentir comme chez moi tandis que je prends place. Elle se retourne aussitôt vers moi, me collant une énorme tasse de chocolat fumant sous le nez.

– Goûtez-moi ça. Ça vous fera du bien après une journée au grand air. Ça doit vous changer de New York, non ?

Je ne suis pas certain que ce serait ce que j'aurais commandé – je suis plutôt habitué à boire du café à longueur de journée, et à surveiller mon alimentation. Mais ces derniers jours, mes habitudes sont mises à mal. De toute façon, face à son débit de mitraillette et à son assurance, je renonce à discuter. La jeune femme qui est installée près de moi me lance un regard de biais, et Dorie ne perd pas de temps pour faire les présentations.

– Sarah, mon chou, je te présente Lewis. C'est le frère d'Elijah.

Je relève vivement la tête : voilà un détail que je ne lui ai *pas* précisé. Il est possible que Kris le lui ait dit, mais j'en doute. J'imagine que je dois plutôt remercier Wyatt, le plombier qui allume des feux pour se pardonner de ne pas pouvoir réparer les chaudières.

La prénommée Sarah m'examine un instant.

– C'est drôle, je ne vous imaginais pas comme ça.

Dorie se redresse, plantant les mains sur ses hanches.

– Moi non plus.

– Alors, vous faites quoi à New York ? Vous êtes dans les affaires, je crois ?

Je sursaute légèrement. Elles me dévisagent avec attention, attendant manifestement une réponse de ma part. Est-ce qu'elles ignorent sérieusement qui je suis ? Et qu'Elijah est potentiellement l'héritier d'une petite fortune – si mon père ne finit pas le rayer de son testament sur un coup de rage ? Interloqué, je me contente d'acquiescer vaguement.

– Eh bien, notre petite ville doit vous changer. Vous ne vous ennuyez pas trop, ici ?

Je ne peux pas retenir un sourire.

– Pas vraiment, non.

J'avale une gorgée de chocolat – une boisson mousseuse, rehaussée d'épices. Certainement la boisson la plus réconfortante qu'il m'ait été donné de goûter jusqu'à ce jour.

– Alors ? Qu'est-ce que vous pensez de mon chocolat ? Vous aimez ?

Je hoche la tête, en prenant une autre gorgée. Pour une raison qui m'échappe complètement, cette boisson à la saveur douce et légèrement épicée me fait penser à Kris. Tout à coup, j'ai envie de me retrouver à nouveau avec elle, sur son canapé, et d'y partager une tasse de ce chocolat avec elle. Mais des images beaucoup moins chastes me viennent aussi à l'esprit, et je me surprends à imaginer le goût de la boisson sucrée mêlé à celui de sa peau.

– Lewis ?

Retrouvant brutalement mes esprits, je m'empresse de répondre.

– Je dois dire que c'est un délice.

Dorie écarte les bras en souriant.

– Comme Kris !

Je manque de m'étouffer avec ma boisson, et tandis que je me mets à tousser, je sens mon visage s'empourprer.

Dorie semble sur le point de contourner le comptoir pour se précipiter à mon secours, et je lève la main pour lui signifier que tout va bien.

– Désolé. Vous disiez ?

– Je disais que vous êtes comme Kris. C'est votre boisson. Tout le monde a sa recette préférée, et j'ai un don pour deviner celle qui correspond à chaque personne. Vous, la première fois que je vous ai vu, je savais que c'était celle qui était faite pour vous…

Elle plisse les yeux avec malice, avant d'échanger un regard entendu avec Sarah, et je m'empresse de finir ma tasse. Il devient urgent que je quitte cet endroit.

– Combien je vous dois, Dorie ?

– Cadeau de la maison.

Je la remercie et les salue rapidement, avant de me diriger vers la porte. Je jurerais sentir leur regard sur ma nuque, et lorsque je sors, je ferme les yeux, laissant l'air froid me rafraîchir le visage – et les idées. Je comptais m'arrêter chez Kris en rentrant pour voir si elle est rentrée, mais je doute tout à coup que ce soit une bonne idée… Je reste indécis un long moment, et lorsque mon téléphone sonne, je me dis que le destin semble avoir décidé pour moi.

– Bonsoir, Kris.

À l'autre bout du fil, je perçois une espèce de bruit ambiant, et c'est une voix féminine inconnue qui s'adresse à moi.

– Monsieur Barrett ?

L'angoisse me tord immédiatement l'estomac.

– C'est bien moi.

– Hôpital et Centre de traumatologie Mercyhealth de Rockford. Mademoiselle Chestfield a été admise aux urgences à la suite d'un accident de la route, et vous apparaissez sur sa fiche comme la personne à prévenir.

Ses paroles me font l'effet d'un uppercut, et j'ai brusquement l'impression que toute trace d'air a quitté mes poumons.

– Comment elle va ?

– Je suis désolée, Monsieur. Je ne peux pas vous répondre.

– Vous vous foutez de moi ?

– Je…

Je raccroche sans écouter ses justifications, et je démarre, prenant immédiatement la route de Rockford.

***

Alors que je roule dans une épaisse obscurité, je m'efforce de rester concentré sur la route, en repoussant les questions qui me traversent l'esprit. Où et quand cet accident s'est-il produit, et dans quelles circonstances ? Quand je songe aux précédents « incidents » auxquels Kris a fait face ces derniers jours, je ne peux pas m'empêcher de me montrer suspicieux. Pour l'heure, cependant, je dois avant tout avoir de ses nouvelles.

Environ trois quarts d'heure plus tard, j'arrive enfin à l'hôpital – un ensemble de bâtiments ne comptant qu'un étage. Avisant des gyrophares, je trouve assez rapidement les urgences. Le service est plutôt calme, et je me précipite directement à l'accueil. Lorsque je me présente, je comprends au regard meurtrier que me lance la secrétaire que c'est elle qui s'est chargée de me prévenir. Elle ne fait toutefois pas de commentaire, se contentant de m'indiquer la salle dans laquelle se trouve Kris.

La porte s'ouvre sur une pièce assez exiguë, dans laquelle se trouve simplement un lit. Kris est allongée, et je suis incapable de dire si elle est inconsciente ou simplement endormie. Je m'approche du lit, notant avec soulagement qu'elle ne semble pas avoir de blessure à la tête. En revanche, son poignet droit est bandé. Mon cœur se serre. Elle a l'air terriblement menue et fragile, sur ce lit d'hôpital.

Sans réfléchir, je tends la main vers son visage, écartant les mèches blondes qui retombent sur son front. Laissant échapper un gémissement de douleur, elle ouvre les yeux avec difficultés. À cet instant, la porte s'ouvre derrière moi, et un homme en blouse blanche fait son apparition.

Il me salue d'un signe de tête, avant de jeter un œil à son dossier.

– Monsieur Barrett, je présume ?

Je hoche la tête, en saisissant la main qu'il me tend.

– J'ai cru comprendre que vous viviez à Belvidere. Je ne m'attendais pas à vous voir ici avant demain matin. Votre compagne va devoir rester en observation encore quelques heures.

Ma *compagne* ? Je lance un coup d'œil à Kris, qui semble

aussi embarrassée que moi en dépit de sa fatigue. Se méprenant sur mon expression confuse, le médecin me donne une tape dans le dos.

– Ne vous en faites pas. C'est une simple précaution. Je viens d'examiner vos radios : vous vous en tirez sans rien de cassé, dit-il en s'adressant à Kris.

Il se tourne vers moi.

– Cela dit, elle a de nombreux hématomes. Quant à cette entorse au poignet, rien de grave, mais il va falloir l'immobiliser complètement. Aucun effort au cours des prochains jours. Vous allez devoir prendre soin d'elle pendant quelques jours.

J'acquiesce, tandis que Kris affiche une expression affolée. Le médecin la regarde en tapotant sa main indemne.

– Allons, vous vous en sortez bien. Une chance que vous ayez réussi à éviter le choc frontal.

Mon sang se glace.

– Le choc frontal ?

Kris acquiesce d'un battement de paupière, mais le médecin lui intime de se taire en lui pressant doucement le poignet.

– Allons, reposez-vous. Vous aurez tout le temps de parler de ça demain. J'ai demandé à une infirmière de vous apporter à boire.

Il me regarde à nouveau.

– Dites-lui de vous trouver une couverture et un oreiller, si vous souhaitez passer la nuit ici.

Alors qu'il quitte la pièce, je lui emboîte le pas, le rejoignant dans le couloir.

– Attendez. Qu'est-ce que c'est que cette histoire de choc frontal ?

– D'après les policiers qui ont recueilli son témoignage, une voiture se serait brusquement déportée en pleine gauche en fonçant droit sur elle. Votre compagne a eu le réflexe de braquer à droite, ce qui lui a valu de finir dans un arbre – mais entière. L'autre conducteur a pris la fuite. La police suspecte une conduite en état d'ivresse. Mais je n'ai pas les détails. Mon job, c'est avant tout de soigner les blessés.

Je le remercie rapidement, avant de retourner dans la chambre, où je trouve Kris en train d'essayer de se redresser.

– Hé ! Le médecin a dit : « pas le moindre effort ».

Kris grimace de douleur, renonçant à se battre avec son oreiller.

– Désolée, *chéri*...

Je lève les yeux au ciel, et je me saisis de l'oreiller pour le replacer. Malgré sa fatigue, elle m'adresse un sourire amusé.

– J'en ai de la chance, d'avoir un compagnon aussi attentionné.

À cet instant, la porte s'ouvre sur une infirmière.

– Oh, vous êtes son compagnon ?

Les joues de Kris s'empourprent un peu – et je sens les miennes s'échauffer aussi. L'infirmière se met à rire.

– Allons, ne vous en faites pas. Vous n'êtes pas le premier amoureux inquiet qui passe dans ce service. Vous avez de la chance, c'est calme, cette nuit.

Elle tend un verre de glace pilée et une petite cuillère à Kris, et quitte rapidement la pièce.

Évitant soigneusement mon regard, Kris tente de saisir la cuillère, mais elle ne parvient qu'à répandre de la glace pilée sur ses genoux.

– Attends.

Elle me regarde avec étonnement tandis que je prends le verre et que je m'assois près d'elle pour lui tendre une cuillerée de glace.

– Je sais : ça ne vaut pas le chocolat aux épices de Dorie...

– Dorie t'a servi cette recette ?

Je hoche la tête.

– Et tu l'as vraiment aimée ?

– Oui. Mais pour ce soir, tu vas devoir te contenter de ça…

Je hausse à nouveau la cuillère jusqu'à sa bouche.

– Je refuse que tu me fasses manger comme un bébé, déclare-t-elle butée.

Têtue, même alitée et déshydratée, hein ? Renonçant à la convaincre, je place la cuillère dans sa main gauche, et elle la porte jusqu'à sa bouche. Je ressens un vague sentiment de honte lorsque je réalise que mon regard s'attarde sur l'ourlet de ses lèvres – je n'avais jamais remarqué à quel point elles étaient bien dessinées. Surprenant mon regard, elle interrompt son geste.

– Quoi ?

L'infirmière choisit ce moment pour reparaître, les bras chargés de deux oreillers et d'une couverture.

– Voilà pour vous. Il faudra bien ça si vous espérez fermer l'œil dans ce fauteuil. Ce n'est pas l'endroit le plus romantique du monde, mais tâchez de dormir. Surtout vous, ma petite. Vous avez besoin de repos.

Lorsqu'elle quitte la pièce à nouveau, je me tourne à nouveau vers Kris.

– Tu as prévenu tes parents ?

– Certainement pas ! Ils vivent à l'autre bout du pays, et je ne vois pas l'intérêt de les inquiéter. Surtout que je n'ai presque rien.

Son regard se voile, et je ressens une douleur désagréable dans la poitrine.

– Tu veux que j'appelle Elijah ?

– Je m'en voudrais de t'obliger à enfreindre les règles de votre échange.

Je me rends compte qu'en dépit de sa réponse un peu sarcastique, elle me sourit faiblement.

– Sérieusement, Kris…

Elle secoue la tête.

– Non. Inutile de l'inquiéter. Je pense que c'est même mieux qu'il ne revienne par ici pour le moment.

– Qu'est-ce que tu veux dire ?

Elle baisse la voix, tandis que ses mains tremblent légèrement.

– C'était pas un accident, ou un chauffard ivre. Cette voiture m'a foncé dessus délibérément. Je crois que cette fois, on a essayé de me tuer… pour de bon.

Ma mâchoire se crispe. J'aimerais lui dire qu'elle se trompe, mais je n'en suis pas persuadé. Ces quelques jours m'ont suffi pour réaliser que Belvidere n'est pas tout à fait la petite ville tranquille que j'imaginais – surtout si je me fie à ce que m'a appris Matt. J'ai manifestement sous-estimé la gravité de situation.

J'écarte quelques mèches blondes du visage de Kris.

– Je pense que demain, on devrait parler à la police. Pour le moment, tu es en sécurité, et tu as besoin de repos.

Elle ferme les yeux en soupirant, et je prends place dans le fauteuil. Elle ne tarde pas à s'endormir, mais tandis que les heures s'écoulent, je ne cesse de ruminer. Il est temps de mettre un terme à la situation avant que les choses ne tournent mal pour de bon.

18 Kristen

– Chez moi ou chez toi ?

Je lance un coup de coude à Lewis.

– Ça suffit. Il n'est pas question qu'on s'installe ensemble – que ce soit chez moi ou chez toi, déclaré-je.

– Il n'est surtout pas question que je passe mon temps à faire des allers-retours entre nos deux chalets.

– Tu n'auras pas à le faire. Je peux très bien me débrouiller.

Je le pense, même si je suis consciente que ça ne va pas être simple. Tout mon flanc gauche me fait souffrir, et j'ai quitté l'hôpital avec une attelle qui m'interdit de me servir de mon poignet droit. Cependant, je ne peux pas m'empêcher de lancer un coup d'œil en coin à Lewis, qui fixe la route qui s'étend devant nous.

Sa nuit sur le fauteuil de ma chambre d'hôpital lui a laissé des cernes sous les yeux et il n'est pas rasé, et je trouve que cela le rend étonnamment plus séduisant. J'imagine que ça ne serait pas désagréable de l'avoir près de moi. Si je suis honnête envers moi-même, je crois que j'adorerais même le voir faire mes quatre volontés… Quoique je doute que ce soit son genre. Encore que j'ignore complètement ce que peut bien être son genre.

– Je crois qu'on devrait s'installer chez moi. J'ai besoin que tu me briefes pour l'ouverture de la boutique.

– Pas question. Je peux à peine bouger, et je vais mourir congelée dans ce chalet glacial. Je suppose que tu n'as toujours pas appris à allumer un feu décent ?

Il grimace, avant de se mettre à rire.

– Je ne suis pas doué, c'est vrai. Alors, chez toi.

– Lewis…

Retrouvant tout à coup son sérieux, il me lance un regard de biais.

– Il n'est pas question que tu restes seule tant que cette histoire n'est pas réglée.

Ma gorge se serre, et je me détourne. Bien que j'aie tenté d'expliquer la situation aux policiers revenus m'interroger ce matin, ils ne démordent pas de leur idée première : un type ivre qui aurait perdu le contrôle de sa voiture et qui aurait pris la fuite. Je ressens tout à coup une bouffée de rage.

– Tu sais ce qui me met hors de moi ? Ce n'est même pas ce qu'on s'en prenne à moi. C'est de voir Belvidere changer à ce point.

Les larmes me montent aux yeux, et je les essuie d'un geste rageur.

– Tu es vraiment très attachée à cette ville, hein ?

Le regard rivé sur le paysage qui défile, je me contente de hocher la tête.

– Quand j'étais petite, on venait ici à chaque vacance. Je considérais cet endroit comme ma véritable maison. Tous mes meilleurs amis étaient ici. Je n'attendais qu'une chose, pouvoir venir m'y installer définitivement.

– Tu m'as dit que c'était en même temps que mon frère. Il y a quatre ans, donc ?

– Oui. Je suis arrivée quelques mois avant lui. J'ai été incroyablement bien accueillie. Je venais juste d'obtenir mon diplôme de journaliste, et j'ai créé mon blog, et commencé à faire quelques piges pour des journaux locaux. Bien qu'on soit voisins, c'est comme ça que j'ai rencontré ton frère, en fait.

Il me lance un coup d'œil surpris.

– Vraiment ?

– Oui. La région est connue pour ses fermes à sapin. Mais il n'y en avait plus à Belvidere depuis la fin des années 1970. Les gens préféraient travailler pour ActiveWave. Lorsqu'Elijah est arrivé avec le projet de reprendre une ancienne exploitation et de lui redonner vie, les habitants étaient plutôt sceptiques. J'ai eu l'idée de suivre son installation au jour le jour, comme on était voisins, et de proposer un reportage au principal journal de Rockford. Il a fait un *buzz* incroyable – enfin, à notre niveau. Ça a lancé l'activité d'Elijah, et les gens de la région qui avaient fini par quasiment nous oublier sont revenus en ville – pour voir cette ferme par eux-mêmes. Tout le monde était ravi, même si certains chasseurs se plaignaient de ne plus pouvoir chasser sur les terres d'Elijah. Aujourd'hui, la moitié de cette ville boycotte la ferme, et ils me considéreront comme une paria dès qu'ils sauront que je m'oppose à ActiveWave. C'est pourtant bien la nature qui les environne, que l'entreprise est en train de polluer !

Ma gorge se noue douloureusement.

– Comment avons-nous pu en arriver là ? marmonné-je tristement.

Le silence tombe dans l'habitacle. Tout à coup, la main de Lewis se pose sur la mienne.

– Je te garantis que les choses vont s'arranger, dit-il.

Je le regarde avec stupéfaction. C'est sans doute la chose la plus stupide à dire – après tout, quand les choses vont mal, c'est toujours ce qu'on dit. Pourtant, je me rends compte que j'ai envie de le croire.

– Chez moi.

Il me lance un coup d'œil étonné.

– Quoi ? demande-t-il.

– Je préfère que ce soit toi qui t'installes chez moi. Au moins, il fait chaud. Et le frigo est plein.

– Attends… Quand as-tu fouillé dans mon réfrigérateur ?

Je me contente de rire, et nous finissons le trajet dans un silence confortable. Lorsque le pick-up s'engage sur l'avenue principale, je me redresse un peu sur mon siège. Belvidere a revêtu ses habits de fêtes, et les sapins ornent quasiment tous les coins de rue, et je ne peux pas retenir un sourire.

Lewis ralentit légèrement, et je remarque qu'il observe lui aussi la décoration.

– Alors, ça fait quel effet ?

Il me lance un regard interrogatif.

– Quoi donc ? Les sapins ?

– De voir ce que tu as contribué à réaliser de tes propres mains, précisé-je.

Sa mâchoire se crispe légèrement tandis que son regard se pose à nouveau sur la route. Pendant un instant, il reste silencieux, et je crains de l'avoir vexé. Pourtant, en l'observant, j'ai l'impression de déceler plus de tristesse que de colère sur les traits réguliers de son visage.

Brusquement, il rompt le silence.

– En fait, j'ai l'habitude. Ce qui est différent, c'est de le voir exposé à la lumière.

– Qu'est-ce que tu veux dire ?

Le regard rivé devant lui, il semble hésiter. Finalement, il me demande :

– Tu te sens capable de faire un petit détour avant de rentrer chez toi ?

Aussi douloureux que puisse être mon corps, j'acquiesce avec empressement, saisie de curiosité. Et bientôt, je réalise que nous nous dirigeons vers la ferme. Immobilisant le pick-up, il me lance un regard autoritaire à l'instant où je tente d'ouvrir la portière :

– N'y pense même pas.

Descendant le premier, il vient m'ouvrir, m'aidant à descendre. Je dois admettre que son bras est le bienvenu, car après une heure de voiture, j'ai l'impression que mon côté gauche est plus douloureux que jamais. Et le fait de m'appuyer sur lui me confirme le fait que j'avais déjà remarqué en le tirant du lit : il est particulièrement musclé. Je me demande s'il fait partie de ses NewYorkais qui commencent leur journée ou qui occupent leur pause déjeuner en faisant du jogging à Central Park. Même si je doute que cela explique une telle forme. J'imagine qu'il fréquente aussi une salle de musculation.

– Ça va aller ?

Je m'écarte rapidement de lui, lâchant son bras.

– Oui, merci. Alors, pourquoi est-ce que tu voulais venir ici ? demandé-je.

Il m'entraîne vers la boutique, et la vue du bâtiment de bois me rappelle que bien que la journée ce soit mal terminée pour moi, je ne reviens pas tout à fait bredouille de Rockford.

Tandis qu'il glisse la clé dans la serrure de la porte, je préviens Lewis.

– Tu vas avoir du travail ces prochains jours. J'ai réussi à convaincre un journal avec lequel je travaille de publier une publicité pour…

Je m'arrête net à l'instant où la porte s'ouvre, dévoilant un espace impeccable. Au milieu trônent des étagères en sapin magnifiquement ouvragées. Je m'en approche avec émerveillement, contemplant les motifs sculptés dans le bois tendre. Tout à coup, je remarque un tas de copeaux de bois dans un coin.

Je me retourne, découvrant Lewis les mains dans les poches, qui me contemple avec anxiété.

– Qu'est-ce que tu en dis ? Ça te plaît ?

Je me tourne à nouveau vers les étagères, passant la main sur le bois ouvragé.

– C'est absolument magnifique. C'est toi… ? m'exclamé-je surprise.

Je le regarde à nouveau, ébahie. Il hausse une épaule, s'approchant à son tour.

– Ce n'est pas vraiment ce que je fais habituellement. Je suis plutôt habitué à des pièces plus petites.

Je ne parviens pas à détacher mon regard de son visage tandis qu'il examine son travail d'un air critique.

– Comment tu as fait ça ? Avec quoi ?

Il ouvre une boîte posée sur l'une des étagères avec un sourire amer.

– Les ciseaux à bois de mon grand-père. Je les ai trouvés dans l'atelier. Il les a donnés à Elijah.

Pour la première fois depuis que je le connais, je perçois une note d'émotion dans sa voix. Il referme doucement la boîte.

– J'imagine que c'est de bonne guerre. Après tout, c'est lui qui m'a encouragé à prendre la direction de la société. J'imagine que j'avais son respect. Seulement, c'est Elijah qui avait son affection.

Mon cœur se brise face à la façon dont il contemple la boîte, et je pose instinctivement la main sur son bras.

– Lewis…

Il retrouve tout à coup son masque impassible, m'adressant un sourire.

– On devrait y aller. Laisse-moi juste le temps de récupérer quelques affaires.

Il s'éloigne, me laissant seule face à ces simples étagères qu'il a transformées en véritable œuvre d'art. Je repense avec tristesse aux nombreuses fois où Elijah m'a parlé de lui. Un homme d'affaires brillant, mais glacial et autoritaire, qu'il admire autant qu'il peut parfois lui en vouloir. J'ai toujours pensé que sa famille était affreusement injuste envers lui, mais je réalise à présent que les choses sont tout aussi difficiles pour Lewis. Finalement, échanger leurs vies n'était peut-être pas une si mauvaise idée.

19 Lewis

J'attrape un carton dans la réserve, et je me dirige vers la boutique, me félicitant d'avoir toujours veillé à être dans une grande force physique. J'ai passé la matinée à couper des sapins, et ce carton est le dernier d'une énorme pile.

Passant devant une fenêtre, je jette un coup d'œil en direction de l'étendue de sapins soigneusement alignés par rangées de tailles égales, guettant un éventuel mouvement. J'ai parcouru l'exploitation ce matin sans trouver la moindre trace de pas. Si une personne est venue verser une substance quelconque au pied des jeunes plants qui sont en train de mourir, elle n'est pas revenue la nuit dernière. J'imagine que l'idéal serait de disposer d'un véritable dispositif de sécurité, ou au moins de pouvoir engager un gardien. Ce qui n'est guère compatible avec l'état des finances de la ferme…

– Lewis ? Qu'est-ce que tu fais ? On a du travail.

J'étouffe un soupir : bien qu'elle fasse de son mieux pour le masquer, il est évident que Kris souffre encore de ses ecchymoses. Mais je ne suis pas parvenu à la convaincre de rester chez elle plus de vingt-quatre heures.

– Je croyais que j'étais censé avoir des employés lorsque la boutique ouvrirait ? avancé-je.

– Et elle n'ouvre qu'après-demain.

Je repose le dernier carton par terre.

– À supposer que je vienne à bout de tout ça…

Elle hausse les épaules.

– Habituellement, Elijah et moi nous débrouillons tous les deux, oui. Et si tu me laissais t'aider davantage…

– Il n'en est pas question. Je te rappelle que tu n'es même pas censée être là ! Et si tu me disais plutôt ce qu'il y a dans ces cartons ?

– À ton avis ? Qu'est-ce qu'on peut bien vendre dans une ferme à sapins de Noël ?

Je réfléchis un instant avant de réaliser et de lui décocher un coup d'œil furieux.

– Sérieusement ? Mon frère vend des *décorations* ?

Elle se met à rire, et mon agacement disparaît aussitôt. Bon sang, mon frère est soit un crétin, soit un héros, mais je ne comprends pas qu'il passe la plupart de son temps avec cette fille en restant absolument insensible à son charme.

À supposer que ce soit bien le cas… me souffle une petite voix perfide.

– Je n'arrive pas à croire qu'il fasse concurrence à sa propre famille.

Elle soupire.

– Si seulement il faisait assez de ventes pour ça, nous n'en serions probablement pas là.

J'imagine qu'elle n'a pas tort… Il n'empêche que je trouve ça agaçant. Même si d'une certaine façon, je dois aussi admettre que c'est courageux de sa part. Stupide, mais courageux.

Ouvrant le premier carton, je découvre des décorations en bois naturel vraisemblablement sculptées à la main et simplement dotées d'une ficelle de jute.

Kris s'approche.

– Qu'est-ce que tu en penses ?

J'observe attentivement une figurine d'ange, la tournant et la retournant pensivement dans ma main.

– Je dois admettre que c'est pas mal. Assez différent de ce que je fais – sans parler des produits que vend la société. Mais pas mal.

– Et 100 % naturel. Réalisé avec des chutes de ses propres sapins. Une économie circulaire.

Je soupire, levant les yeux au ciel.

– Un vrai cercle vertueux, je sais. Du Elijah tout craché. Lui et ses idéaux...

De sa main valide, Kris me donne un petit coup de poing dans le bras.

– Hé ! Tu préfères peut-être ActiveWave qui déverse des produits chimiques qui ne se dégradent pas dans l'environnement ? s'exclame-t-elle.

– Pour mon frère, notre société ne vaut pas mieux. Avec lui, tout est toujours tout blanc ou tout noir.

Elle me regarde avec une expression étrange.

– Tu es sûr de ça ?

Je hausse les épaules, attrapant un autre carton. Mais lorsque je l'ouvre, je reste interdit. Il contient des guirlandes que je reconnais au premier coup d'œil, puisqu'elles sont fabriquées par Barrett & Reese. Je rabats le carton, regardant le bordereau d'expédition qui est collé dessus.

– Destinataire : Kristen Chestfield ? Tu veux bien m'expliquer ?

Kris hausse une épaule.

– On peut difficilement ne pas proposer de guirlandes, et on ne les fabrique pas. Mais Elijah ne voulait pas de passe-droit. Il a fait expédier les commandes chez moi pour éviter qu'un employé ne se rende compte que l'un des héritiers de la société passait commande comme un revendeur normal. Le plus incroyable, c'est qu'ici, les gens ont toujours pensé que c'était une drôle de coïncidence que le propriétaire d'une ferme à sapins porte le même nom qu'une boîte qui produit de faux sapins. Personne n'a jamais envisagé qu'il puisse s'agir de sa propre famille.

Je contemple longuement le contenu du carton, réalisant tout à coup que mon frère avait peut-être raison depuis le début. À l'exception sans doute de mon grand-père, aucun de nous n'a jamais véritablement pris la peine d'essayer de le comprendre. Même ma mère le considère toujours comme un gamin naïf dont il faut prendre soin… Mais je dois reconnaître que sans ses problèmes avec ActiveWave, il s'en serait sans doute plutôt bien sorti, et sans l'aide d'aucun d'entre nous.

Alors que Kris et moi commençons à installer les décorations sur les étagères, mon téléphone se met à sonner. Lorsque je m'en saisis et que je découvre le numéro qui s'affiche, je blêmis.

Kris me lance un regard inquiet.

– Un problème ?

– Oui. C'est mon père. Et il croit certainement appeler mon frère.

Kris fait la moue.

– J'en doute. Ton frère et lui ne se parlent quasiment jamais.

– Bien. Dans ce cas, j'imagine qu'il ne s'étonnera sans doute pas que mon frère ne réponde pas…

Je bascule l'appel sur la boîte vocale. Cependant, j'ai à peine le temps de souffler, car je reçois un texto provenant de ma mère. À peine est-il affiché que mon pouls accélère.

Le message est laconique, mais sans appel :

**Ton père est au courant, et il est furieux.*

Kris et moi échangeons un regard anxieux. Malheureusement, je n'ai guère le temps de réfléchir à une parade, car mon téléphone sonne à nouveau. Et sans surprise, c'est une fois de plus mon père.

Je décide finalement de décrocher, et je n'ai pas le temps d'articuler un son.

– Lewis ! Mais tu as perdu la tête ? Comment as-tu pu laisser ton frère prendre la direction de la société – et en pleine saison, qui plus est ? Quand je pense que ton grand-père et moi, nous te faisions confiance ! Mais est-ce que tu as une idée de ce qui arriverait si les médias apprenaient que le PDG de Barrett & Reese a déserté et qu'il a laissé les rênes à un gamin sans la moindre expérience et dénué de bon sens ?

À bout de souffle, mon père marque une pause pour reprendre sa respiration, et j'en profite pour tenter de le calmer.

– Papa, je sais que c'est une décision qui peut sembler invraisemblable, mais…

Il se remet à vociférer dans le téléphone.

– Oh, ça peut sembler invraisemblable ? Mettre en péril la société et ses employés au nom d'un défi puéril entre frères, pour toi c'est juste invraisemblable ? Cela dit, je ne devrais pas m'étonner que tu te comportes de façon aussi enfantine qu'Elijah, à présent que je sais comment tu passes ton temps !

Mon estomac se noue.

– Qu'est-ce que tu veux dire ?

– Je suis allé faire un tour dans ton petit atelier, si tu veux savoir. Apparemment, tu es très productif, mon garçon. Tu dois passer le plus clair de ton temps à jouer aux ébénistes en herbe ! À se demander par quel miracle la société n'a pas encore coulé ! Je n'aurais jamais dû quitter mon poste aussi vite. Jamais ! J'aurais dû me douter que tu n'étais pas plus fiable que ton frère.

J'entends un son de voix étouffé, et la communication est tout à coup coupée.

Je reste assommé pendant ce qui me semble être une éternité. Ce n'est que lorsque je sens la main de Kris se poser sur mon bras que je sors de ma torpeur.

– Hé… Ça va aller ?

Je secoue la tête en silence.

– Je n'arrive pas à croire que mon frère m'ait balancé.

– Lewis… Ce n'est sûrement pas de sa faute si votre père a tout découvert.

J'ai un rire mauvais, en sentant naître une violente colère au plus profond de moi.

– Non, bien sûr que non ! Pourquoi faut-il toujours que tu lui accordes une confiance aveugle ?

Elle relève le menton, ses yeux bleu-gris prenant une teinte orageuse.

– Enfin, réfléchis ! Il ne tenait sans doute pas plus que toi à ce que votre père découvre tout.

– Sauf s'il ne s'en sort pas à New York et qu'il ne l'assume pas !

– Lewis…

Je retire mon bras de sa prise.

– Il est allé jusqu'à montrer mon atelier, chez moi, à mon père !

– C'était certainement accidentel !

Je lève les mains, renonçant à discuter, et je me détourne pour me diriger vers la porte. Mais je reviens brusquement sur mes pas.

– Tu veux que je te dise ? Quoi qu'en pense mon père, je *suis* plus fiable qu'Elijah. Ce petit con va se débrouiller avec lui à New York. Mais moi, je me suis engagé à rester ici jusqu'à la fin de l'année, et j'ai pour habitude d'assumer les conséquences de mes actes.

Je me fige en réalisant que Kris est d'une extrême pâleur, et ma colère fait place à l'inquiétude.

– Bon sang, Kris, tu es épuisée. On devrait rentrer.

Elle ne tente pas de protester, ce qui ne fait que m'inquiéter davantage, et je passe le bras autour de sa taille pour la conduire vers le pick-up. Alors que je l'aide à s'installer sur le siège passager, je réalise que je viens de lui hurler dessus, ce qui est d'autant plus minable qu'elle est épuisée.

– Je suis désolé. Je n'aurais pas dû m'en prendre à toi. Elijah est ton ami. C'est tout à fait légitime que tu prennes son parti.

Elle secoue doucement la tête.

– Je ne prends le parti de personne, Lewis. Je crois juste que tous les deux, vous enchaînez les malentendus depuis bien trop longtemps. Peut-être que vous devriez commencer à vous parler.

– Là, tu m'en demandes trop. Et d'ailleurs, c'est contre les règles qu'il a établies lui-même.

Ce qui m'arrange bien, il faut le dire…

Elle soupire.

– Une chose est sûre : vous êtes aussi butés l'un que l'autre.

Je prends place au volant et je mets le contact, reprenant le chemin du chalet de Kris. Face à son silence, je me sens divisé. Je me déteste de la placer dans une situation aussi inconfortable, mais je reste persuadé que mon frère a sérieusement foiré – à supposer qu'il n'ait pas délibérément tout dit à notre père.

– Qu'est-ce que tu dirais que je te dépose et que j'aille chercher des chocolats au Pop's ?

Elle pouffe.

– Tu te rends compte que Dorie va te harceler de questions si tu vas chercher deux chocolats aux épices ? Tu es vraiment prêt à affronter ça ?

Je grimace à cette perspective et nous nous mettons à rire, en nous détendant un peu.

Après avoir déposé Kris, je décide de courir le risque d'essuyer le feu des questions de Dorie. Je passe cependant le trajet à ruminer, et j'ai la mine sombre quand je franchis le seuil du Pop's.

Fidèle à son habitude, Dorie s'active en discutant avec ses habitués. Déposant une assiette de scones sur une table, elle m'aperçoit du coin de l'œil et se dirige vers moi, me saisissant par le bras pour m'entraîner vers le comptoir.

– Vous avez mauvaise mine, mon grand. Je vais vous préparer de quoi vous remonter.

– Non, merci, Dorie. En fait, je passe juste prendre deux chocolats à emporter.

Son regard pétille tandis qu'elle se penche vers moi, ravie.

– Deux chocolats aux épices ? demande-t-elle avec un sourire en coin.

En dépit de mon humeur maussade, je ne peux réprimer un sourire à mon tour.

– Oui, Dorie : deux chocolats aux épices. Mais ce n'est pas ce que vous croyez.

Elle affiche une moue dépitée.

– Non ?

– Non.

J'hésite un instant, songeant que vu son manque évident de discrétion, il n'est peut-être pas nécessaire de lui parler de l'accident de Kris pour le moment.

– En fait, c'est pour nous récompenser d'une dure journée de travail. La boutique ouvre lundi.

– Je sais. J'ai vu la publicité dans le journal. J'ai hâte de voir arriver de nouvelles têtes. Vous allez voir : il vient des clients de tous les environs.

– Mais pas de Belvidere, n'est-ce pas ?

Elle relève vivement la tête, manquant de renverser le gobelet de chocolat.

– Bien sûr que si. Il y a quelques têtes dures, c'est vrai.

– Dorie…

Elle place précautionneusement un couvercle sur chaque gobelet, puis elle finit par relever la tête.

– Il y a des rumeurs, c'est vrai. On dit que Kris et Elijah ne seraient pas étrangers aux ennuis qu'on cherche à faire à ActiveWave.

Je serre les dents. *Les ennuis qu'on cherche à faire à ActiveWave ?* Pour le moment, ils ne sont pas les plus à plaindre !

Je règle rapidement Dorie et je la salue, avant de me diriger vers mon pick-up.

– Lewis Barrett ?

Je me retourne, découvrant un homme d'une cinquantaine d'années légèrement bedonnant, serré dans un uniforme de shérif. Il est flanqué d'un type sensiblement de mon âge, à la carrure de sportif, qui porte lui aussi un uniforme. Tous deux m'inspirent immédiatement une réelle antipathie.

– Oui ?

– Jackson Anderson. Shérif Jackson Anderson.

Je hausse un sourcil, plus amusé qu'impressionner par sa façon de bomber le torse.

– Je crois que je m'en serais douté. L'uniforme, peut-être…

Il fait un pas vers moi.

– On dit que votre frère se planque, parce qu'il n'a pas la conscience tranquille. C'est vrai ?

La mention de mon frère me met instantanément sur les nerfs.

– Je vais être franc, shérif : je me fous de ce que peut bien faire mon frère.

Son acolyte s'avance.

– Kris t'intéresse peut-être plus ? avise-t-il content de sa remarque.

Je lui lance un regard mauvais, n'aimant pas son ton. Mais Anderson le repousse en arrière.

– Vous vivez avec elle, non ? demande le shérif.

Je me tends immédiatement, même si Kris m'avait prévu que les rumeurs et les ragots faisaient vite le tour de Belvidere. Je remarque que l'acolyte du shérif guette ma réponse avec un regard mauvais.

– Admettons. Et alors ?

Le shérif fait un pas de plus vers moi.

– Alors, vous allez lui dire que si elle a un problème avec la façon dont je fais mon boulot, elle n'a qu'à venir m'en parler. Je n'ai pas beaucoup aimé ce qu'elle a raconté à la police de Rockford. Elle a été victime d'un accident de chasse, et pour votre information, personne ne possède de SUV noir doté de vitres teintées dans cette ville. Et encore moins avec un début d'immatriculation comme celui qu'elle a donné.

Il m'assène ces paroles avec une telle assurance que je ne peux pas m'empêcher de trouver ça suspect. J'en conclus qu'il faudra que je me passe de lui pour protéger l'exploitation de mon frère. Et Kris.

20

Kristen

Je finis de me sécher en grimaçant. Laissant tomber la serviette, j'examine mon flanc gauche, sur lequel se déploient des nuances qui vont du bleu au violet sombre.

– Sexy… marmonné-je.

Je me détourne du miroir pour enfiler un sweat et un bas de jogging – une tenue assez facile à passer, en dépit de mon poignet toujours immobilisé et de l'hématome qui court le long de mon flanc. Une chance que mon 4x4 ait été robuste, sans quoi j'aurais certainement quelques côtes cassées à déplorer. Il est bon pour la casse, mais j'en suis sortie presque indemne. En tout cas, si je fais exception des visions terrifiantes qui me hantent dès que je ferme les yeux. Rien que pour ça, je suis heureuse que Lewis se soit installé chez moi. De toute évidence, le fait de le savoir dans la chambre d'ami me rassure.

J'entends la porte d'entrée s'ouvrir, et je m'empresse de descendre, attirée par la promesse d'un chocolat chaud. Lorsque j'entre dans le salon, j'aperçois deux grands gobelets posés sur la table basse. Accroupi devant la cheminée, Lewis ravive le feu, puis il contemple longuement les flammes qui se reflètent dans ses yeux noirs. Je ne lui ai encore jamais vu une expression aussi sombre.

Cependant, lorsqu'il prend finalement conscience de ma présence, il se redresse et me regarde.

– Comment tu te sens ? demande-t-il.

– Mieux, merci. Ce qui n'a vraiment pas l'air d'être ton cas.

– Si, si. Ça va.

Il se saisit d'un gobelet, dont il retire le couvercle pour me le tendre, et je dois me concentrer pour le prendre sans le renverser.

Bien joué. C'est une bonne technique pour détourner mon attention. Pas étonnant qu'il soit doué pour les affaires.

Je suis sur le point de lui dire que je ne suis pas dupe, mais la vue de la boisson mousseuse me dissuade de discuter, et je rapproche le gobelet de ma bouche, y plongeant les lèvres avec délice. Je ferme les yeux, savourant le goût sucré et subtilement épicé du chocolat.

Lorsque j'ouvre à nouveau les yeux, je réalise que Lewis me fixe. Pour une raison ou pour une autre, mes joues s'échauffent. Lui-même semble troublé, et il s'éclaircit la gorge.

– Je suis désolé, mais les finances de mon frère sont dans le rouge. Pas de bon petit plat préparé par Dorie.

Je soupire.

– Il y aurait bien de quoi préparer un repas décent dans mon réfrigérateur, mais…

Je lève mon poignet immobilisé.

– … je doute d'arriver à préparer quoi que ce soit. Alors je suppose que ça veut dire qu'on va se contenter de sandwiches, déclaré-je.

Il affiche une mine dépitée.

– Il ne t'est pas venu à l'idée que je savais peut-être cuisiner ?

– Non.

Ma réponse fuse avec une telle rapidité que je me mords la lèvre, et qu'il se renfrogne. Tout à coup, un doute m'assaille.

– Quoi ? Tu *sais* cuisiner ?

Il grommelle.

– Non. Mais si tu me briefes, je devrais pouvoir m'en sortir, admet-il.

Je l'examine avec amusement.

– Tu te rends compte que ça veut dire que tu devrais faire exactement tout ce que je te dis ?

Il plisse les yeux, me décochant un regard accablant :

– Je commence à avoir l'habitude. Et je sais très bien que ça t'amuse.

Bien que je m'efforce d'afficher une mine innocente, je dois admettre que ça n'est pas tout à fait faux. Alors qu'il se dirige vers la cuisine, je lui emboîte le pas.

– Il doit y avoir de quoi préparer du poulet frit et des légumes. C'est à la portée de tout le monde, même d'un *golden boy*.

Il me lance un coup d'œil par-dessus son épaule.

– Encore une remarque dans ce genre et tu te contenteras de grignoter tes légumes crus.

Je me mets à rire, et je commence à lui indiquer les ingrédients à prendre dans le réfrigérateur, tandis que je commence à sortir les ustensiles en utilisant ma main valide.

Quelques instants plus tard, Lewis se met au travail tandis que je lui explique quoi faire – et surtout *comment* le faire, au fur et à mesure. Je l'observe tandis qu'il suit mes directives, et je dois dire qu'il ne s'en sort pas mal du tout, même si cela lui demande visiblement une certaine concentration. Je ne peux pas m'empêcher de saisir l'occasion de l'observer à son insu.

Je n'ai jamais compris en quoi un homme qui cuisine est censé être sexy, mais je dois reconnaître que lui, il est plutôt craquant. Cela dit, depuis qu'il s'est installé ici, j'ai tendance à le trouver attirant quoi qu'il fasse, et il me semble plus prudent de ne pas m'avancer davantage sur cette pente dangereuse. M'arrachant à la contemplation de son profil, je décide de mettre la main à la pâte en sortant les derniers ustensiles nécessaires à la préparation du repas.

Malgré mes efforts, j'ai toutes les peines du monde à ne pas laisser mon regard dériver en direction de Lewis. Je me détourne rapidement lorsqu'il se tourne vers moi, espérant qu'il ne s'est pas rendu compte que je le dévisageais.

– Et maintenant ? demande-t-il.

Je place une poêle sur le feu en évitant soigneusement son regard.

– Il ne reste plus qu'à faire frire le poulet.

Je m'écarte pour lui céder la place devant la plaque de cuisson. Pas assez rapidement, cependant, car il me frôle, me faisant légèrement frissonner. Seigneur, si j'avais su que la simple préparation du dîner pouvait avoir cet effet sur moi, je me serais contentée de sandwiches !

Cependant, quand nous finissons par nous attabler, le résultat est plutôt appétissant.

– Alors : qu'est-ce que tu en penses ?

Je prends une bouchée, et je dois admettre que c'est plutôt succulent.

– Excellent. On forme une bonne équipe.

Il se met à rire.

– Profites-en. Parce que je n'ai pas l'intention de passer le reste de mon séjour à t'obéir au doigt et à l'œil.

Mon estomac se noue brusquement à la mention du reste de son séjour. J'avais fini par complètement oublier qu'il n'était que de passage à Belvidere.

– Ta vie à New York te manque ?

Il me regarde pensivement pendant un instant.

– Je n'en sais rien. Vraiment. Une chose est sûre : dans l'immédiat, je ne suis pas fâché d'être ici. Je doute que mon père fasse le déplacement pour me donner une leçon de morale.

Je pose ma main sur la sienne sans réfléchir.

– Ne t'en fais pas. Il faut admettre que ton frère et toi, vous avez eu une idée assez surprenante. Mais je suis sûre que ça lui passera. Il est en colère, mais il t'a toujours aimé.

Il se raidit, retirant brusquement sa main.

– Évidemment. Je suis son fils adoré. Celui à qui il passe tout. C'est ce que t'a dit Elijah, n'est-ce pas ?

Je tressaille, surprise par son brusque élan de colère. Effectivement, Elijah m'a toujours dit que leur père plaçait Lewis sur un piédestal. Je me garde bien de le lui confirmer, mais je suppose que la réponse se lit sur mon visage.

– Tu vois, c'est mon frère tout craché, ça. Mais à ton avis, Kris : pourquoi j'ai jugé préférable de cacher une partie de ma vie, et de mes activités, à mon père ? C'est un homme intransigeant, qui a des idées bien arrêtées sur tout ! Et quoi qu'en pense Elijah, je ne suis pas son fils chéri. Je fais juste un peu plus d'efforts. En tout cas, j'ai essayé. Mais grâce à mon frère, ces efforts sont réduits à néant, balance-t-il.

Un silence pesant tombe sur la pièce. Un long moment s'écoule sans que je trouve quoi dire pour le réconforter, et il finit par se lever.

– Je crois que j'ai besoin de prendre l'air. Je peux te laisser ?

Je m'efforce de lui sourire, en me contentant de hocher la tête. Il se dirige vers la porte, attrapant sa parka au passage. Et quelques instants plus tard, j'entends le pick-up démarrer. Je me réprimande intérieurement – regrettant amèrement ma maladresse.

***

Je m'éveille en sursaut, et je me m'assois dans mon lit. Sur ma table de chevet, le réveil affiche presque 3 heures du matin. En dépit du spectre de la voiture qui m'a foncé dessus et de mon inquiétude pour Lewis, plusieurs nuits d'insomnies ont eu raison de moi, et j'ai fini par sombrer dans le sommeil. Le cœur battant, je me précipite vers la fenêtre de ma chambre, écartant le rideau. À mon grand soulagement, le pick-up est bien garé devant le chalet.

Je soupire de soulagement en songeant que Lewis dort certainement dans la chambre voisine. Cependant, mon cœur bat toujours la chamade, et je doute de pouvoir retrouver le sommeil. J'hésite un instant à descendre me préparer une boisson chaude. J'imagine que je devrais y arriver, même avec mon poignet immobilisé.

Atteignant le rez-de-chaussée, j'aperçois une faible lumière provenant du salon. Approchant de la pièce, j'aperçois une lampe allumée, et la haute silhouette de Lewis se découpant devant la fenêtre. Je laisse échapper une légère exclamation de surprise, et il se retourne vivement vers moi, tout aussi étonné de me trouver là.

– Désolée… Je ne voulais pas te faire peur, dis-je.

Il se dirige vers moi dans la semi-pénombre.

– Qu'est-ce que tu fais debout à cette heure ? demande-t-il.

– Je m'inquiétais pour toi. Où étais-tu passé ?

Il hausse une épaule.

– À la boutique.

– Tu as passé la moitié de la nuit… *à la boutique* ?

Il soupire, en se laissant tomber sur le canapé.

– Apparemment, il n'y a pas grand-chose pour se changer les idées le soir, par ici. Alors, autant optimiser…

Je m'assois près de lui, tout à coup curieuse.

– Et qu'est-ce que tu fais pour te changer les idées, à New York ?

– En règle générale, j'appelle Matthew.

Je lui lance un regard interrogatif.

– Mon meilleur ami. Il sait toujours dans quel club aller pour passer une bonne soirée, explique-t-il.

Je m'efforce de contenir un sourire.

– Ne le prends pas mal, mais tu n'as pourtant pas l'air de très bien tenir l'alcool.

Il se détourne, visiblement mal à l'aise.

– Ce n'est pas pour boire qu'on y va.

Oh, je vois.

Étrangement, cette idée fait naître en moi un violent sentiment de dépit. Comme s'il le sentait, il se tourne à nouveau vers moi.

– Je n'en suis pas spécialement fier, Kris. Mais je passe mon temps à bluffer. Avec mon père, dans les affaires… Je suis fatigué de faire semblant d'être un autre. Et je n'ai pas envie de te mentir.

Bizarrement, ce n'est pas tant le fait qu'il m'avoue tout net enchaîner les aventures qui me contrarie. Mais plutôt de l'imaginer aux côtés de l'une de ces femmes sophistiquées, vêtue d'une robe ajustée qui souligne parfaitement sa silhouette impeccable et perchée sur des talons hauts qui accentuent sa démarche confiante. Tout le contraire de moi, en somme…

– Si tu veux être honnête, dis-moi une chose : si tu m'avais croisée par hasard, est-ce que tu aurais fait attention à moi ? demandé-je, regrettant presque aussitôt ma question.

Il me contemple longuement, il se penche vers moi et écarte une mèche de cheveux de mon visage du bout des doigts, avant de finalement me répondre.

– Non. Mais j'aurais fait une énorme erreur.

Mon cœur fait un bond dans ma poitrine, et un signal d'alarme retentit quelque part au loin, dans mon esprit. J'ai la certitude que je m'expose à souffrir si je cède à la tentation. Pourtant, alors qu'il caresse ma joue du revers de la main avant de me saisir doucement la nuque, c'est bien moi qui me penche vers lui pour déposer mes lèvres sur les siennes.

Ses lèvres fermes m'effleurent avec une étonnante douceur,

avant de se faire plus avides. Je laisse échapper un gémissement quand une douleur violente me rappelle que mon corps porte les stigmates de mon récent accident de voiture. Lewis s'éloigne instantanément, une lueur inquiète passant dans son regard.

– Ça va…

Il secoue doucement la tête, et je ressens une violente frustration lorsqu'il recule davantage et qu'il se lève.

– Tu as besoin de repos.

Je saisis la main qu'il me tend pour le lever à mon tour, consciente qu'il a certainement raison. Mais je ne peux pas me résoudre à m'éloigner de lui. Son regard brûlant qui s'attarde sur mes lèvres est éloquent, et il lorsqu'il prend mon visage en coupe dans ses mains et se penche à nouveau vers moi, je me hisse sur la pointe des pieds pour lui rendre son baiser. Ses mains quittent mes joues pour se poser avec précaution sur mes hanches. Je laisse échapper un gémissement de désir et de douleur mêlée lorsque ses bras s'enroulent autour de ma taille. Il recule à nouveau, haletant.

– Kris…

Sa voix subitement éraillée me rend dingue, mais mon corps me rappelle douloureusement que je suis vraiment pas en état d'aller plus loin. Ma seule maigre consolation, c'est que Lewis semble aussi frustré que moi.

Je le laisse me prendre par la main et m'entraîner vers les escaliers. Nous nous immobilisons sur le palier, échangeant un regard lourd de désir, et il dépose un baiser chaste sur ma joue avant de regagner sa chambre. Alors que je me glisse dans mon lit, je suis tentée de glisser ma main dans ma culotte et de laisser mes doigts apaiser le feu qui me torture…

21

Lewis

Je dois faire un effort phénoménal pour retrouver le contrôle de moi-même lorsque je franchis le seuil de ma chambre. L'apparition de Kris m'a totalement pris de court, et je ne sais pas jusqu'où les choses auraient pu aller si elle n'avait pas encore souffert de ses blessures. Ou plutôt, je ne le sais que trop bien. Et de toutes les femmes que j'ai pu croiser au cours de ma vie, c'est bien la dernière avec qui je peux me permettre de déraper.

Quoi que j'en dise, si j'ai décidé de rester en dépit de la colère de mon père et du poignard qu'Elijah m'a planté dans le dos, volontairement ou pas, ce n'est pas parce que je me suis engagé à le faire. C'est uniquement parce que je sais qu'elle est en danger et que je doute que mon frère soit capable de la protéger. Lorsque cette affaire sera réglée, je retrouverai ma vie à New York, et Kris restera ici, dans cette ville qui lui tient tant à cœur. J'ai la douloureuse sensation que le moment venu, la séparation sera assez difficile comme ça.

Toujours prompte à se manifester, ma mauvaise conscience me rattrape au vol : *qui est-ce que tu essaies de protéger, elle ou toi ?*

Renonçant à réfléchir à la question, je finis par me coucher. Mais à l'instant où je ferme les yeux, le visage de Kris s'impose à moi. Le souvenir de son goût sucré suffit à faire renaître instantanément mon désir. Je me tourne vers la cloison qui me sépare d'elle, me demandant si elle, elle parvient à trouver le sommeil.

***

J'ignore depuis combien de temps j'ai sombré dans le sommeil quand je perçois un son familier. Aussitôt, l'angoisse me noue l'estomac et j'ouvre les yeux. Il me faut un long moment pour comprendre ce qui se passe : ce sont des sirènes de pompier – un son tout à fait courant à New York, mais certainement pas ici !

Repoussant les draps, je me lève précipitamment. À l'instant où je franchis le seuil de la chambre, j'aperçois Kris. Nous échangeons un regard inquiet, nous précipitant tous deux vers la porte d'entrée. Un froid glacial me frappe lorsqu'elle ouvre. Mais ce qui me pétrifie, ce sont les lueurs de gyrophares qui passent sur la route.

Kris me lance un regard affolé.

– C'est certainement à la fabrique.

Je secoue la tête, descendant les marches pour m'avancer devant le chalet. J'aperçois immédiatement une épaisse colonne de fumée noire.

– Non. C'est trop près. C'est à la ferme !

Je retourne précipitamment à l'intérieur, enfilant une paire de chaussures et ma parka. Kris me saisit par le bras.

– Aide-moi. Je viens avec toi.

Je m'apprête à refuser, mais elle me fusille du regard.

– Je viens avec toi ! insiste-t-elle.

Renonçant à discuter, je m'exécute, et bientôt, nous roulons en direction de la ferme. Alors que nous arrivons à l'entrée, nous nous retrouvons contraints d'abandonner le pick-up, trois camions de pompiers encombrant la cour. Lorsque nous nous approchons, nous ne pouvons que constater les faits, impuissants : la boutique est en train de brûler.

Kris et moi observons la scène, sidérés. Les flammes sont d'une violence inouïe, et le bâtiment est d'ores et déjà calciné. Tout autour, la neige a fondu sous l'effet de la chaleur, et les pompiers s'efforcent tant bien que mal de protéger le hangar et le chalet des flammes.

Portant la main à sa bouche, Kris étouffe un sanglot. Je passe instinctivement le bras autour de ses épaules, tentant de l'éloigner. Elle tente de résister et je dois la saisir par les épaules et la tourner face à moi pour la convaincre.

– Il n'y a rien à faire, Kris.

– Mais…

Elle lance un regard éploré en direction des flammes déchaînées, et finit par céder. Tout en l'entraînant vers le pick-up, je lance un regard par-dessus mon épaule, priant intérieurement pour que les pompiers arrivent à préserver les autres bâtiments, et les sapins qui s'étendent aux alentours.

À cet instant, un autre véhicule fait son apparition, et le shérif Anderson en descend. Il avance vers nous d'un pas autoritaire, appréciant la situation du regard.

– Eh bien. C'est pas joli à voir. Mais rassurez-vous, les gars auront sans doute bientôt le contrôle de la situation, déclare-t-il comme un paon.

Apercevant le shérif, un homme en uniforme de pompier le rejoint, nous saluant d'un hochement de tête.

– James, mon vieux, je te présente Lewis Barrett. Le frère d'Elijah. Et tu connais Kris, bien sûr, avance le shérif.

Anderson me lance un coup d'œil, précisant :

– James McCornick est le capitaine des pompiers de Belvidere.

Puis, il s'adresse à nouveau au capitaine.

– Qu'est-ce qui se passe ici ?

– Le feu a pris a dans la boutique. Et pas tout seul, d'après moi. C'est Tony, le gardien de la fabrique qui a vu la lueur des flammes en faisant sa ronde et qui a donné l'alerte, explique James.

Donner l'alerte ? Cet enfoiré est certainement celui qui a mis le feu !

Kris et moi échangeons un regard et je sais instantanément qu'elle pense la même chose que moi.

McCornick désigne la boutique en flammes d'un geste de la tête.

– On devrait arriver à éteindre ça sans qu'il y ait davantage de dégâts. Mais si vous voulez récupérer deux ou trois choses chez vous, juste au cas où…

J'acquiesce, et je me dirige vers le chalet, suivi de Kris. Lorsque je franchis le seuil, je reste interdit, frappé par une terrible réalité : si McCornick se trompe, si l'incendie échappe à leur contrôle, mon frère pourrait bien *tout* perdre.

Je lance un regard à Kris.

– Tu as une idée de ce que mon frère aimerait sauver ?

Elle désigne les étagères qui courent le long des murs de la pièce.

– Ses livres.

– Je ne pourrais jamais sortir tout ça d'ici.

Elle se dirige vers une étagère en particulier :

– Je sais que c'est à ceux-là qu'il tient le plus.

– Bien.

Fouillant la pièce du regard, j'aperçois la caisse dans laquelle sont déposées quelques bûches pour le poêle. Je la vide à même le sol sans cérémonie, et j'y empile les livres que Kris m'a désignés.

– Tu vois autre chose ?

Elle secoue la tête.

– Il doit bien avoir des souvenirs d'Emily. Mais où ? marmonne-t-elle.

– Emily ?

Elle me regarde avec étonnement :

– Son ex.

Encore une chose que j'ignorais sur mon frère.

À cet instant, McCornick apparaît sur le seuil.

– Le vent est en train de se lever, et il souffle dans cette direction. Il faut y aller.

Kris proteste.

– Mais vous disiez…

Il s'avance vers elle avec autorité.

– Je sais ce que j'ai dit, Kris. Mais tant que ce feu n'est pas éteint, les lieux sont sous ma responsabilité et je refuse de prendre le moindre risque.

Lorsque nous sortons, j'ai la surprise de découvrir un attroupement sur la route. Je reconnais des visages familiers – notamment Wyatt, ainsi que le couple qui tient la boutique de vêtements dans laquelle j'ai acheté cette saloperie de parka estampillée ActiveWave à mon arrivée. Tous affichent des mines défaites, contemplant l'épaisse fumée noire avec consternation.

Alors que nous nous dirigeons vers le groupe, un type en uniforme s'approche d'eux, leur aboyant de ne pas rester là. Je reconnais l'acolyte du shérif, et je me penche vers Kris.

– Tu le connais ?

Elle acquiesce.

– Ben Cole, l'adjoint du shérif.

Je devine à sa moue que s'il m'a fait une détestable impression quand je l'ai rencontré, elle ne le porte pas dans son cœur, elle non plus. Au moment où nous arrivons à sa hauteur, il rugit littéralement.

– Je vous dis que vous n'avez rien à faire là ! Rentrez chez vous, vous nous empêchez de travailler !

À cet instant, une voiture s'arrête à proximité, et Dorie jaillit du côté passager, se précipitant vers nous.

– Seigneur ! Sarah avait raison ! C'est la ferme qui brûle... Il aurait mieux valu que ce soit cette maudite fabrique !

Ses paroles provoquent un murmure de surprise et d'indignation, et Ben Cole la foudroie du regard. Kris et moi la contemplons avec surprise, tandis qu'elle baisse la voix.

– Il faut que je vous parle, les enfants. Ou plutôt, il faut que Sarah vous parle.

Jetant un œil derrière elle, j'aperçois Sarah qui se tient à côté de la voiture dans laquelle Dorie est arrivée.

***

Kris fait les cent pas dans son salon, tandis que Sarah reste silencieusement assise sur le bord du canapé.

– J'aurais dû rester là-bas, dit-elle en secouant la tête.

Dorie se place sur son chemin.

– Allons, mon petit chat. Ce n'est pas toi qui vas éteindre cet incendie – surtout pas avec un seul bras. Qu'est-ce qui s'est passé ?

Kris soupire.

– C'est une longue histoire.

Je m'éclaircis la gorge.

– J'ai cru comprendre que Sarah avait quelque chose à nous dire, tenté-je pour recadrer la discussion.

Kris finit par venir s'asseoir près de moi, tandis que Dorie s'installe près de Sarah.

– Vas-y mon chou. Explique-leur.

Sarah nous regarde avec de grands yeux apeurés, puis elle se met à parler d'une voix tremblante.

– Mon mari... Il n'a jamais beaucoup aimé Elijah. Tu comprends, Kris, il a toujours aimé la chasse.

Je sens Kris se raidir et je pose ma main sur la sienne. À ce contact, elle se détend un peu, et elle parvient à parler d'une voix douce.

– Il fait partie de ceux qui ont organisé le *boycott* de la ferme ? demande-t-elle.

– Mais j'étais contre ! Tu le sais bien : tu étais là quand je suis venue acheter notre sapin, s'écrie Sarah.

Kris acquiesce, et Sarah continue.

– Hier matin, il a trouvé un faon mort. Le troisième cette saison. Tous les trois à proximité du Little Dee. Il dit… Il pense qu'il y a certainement quelque chose dans l'eau. Il en a parlé aux autres, mais vous savez comment c'est… Ils écoutent tous ce que dit Bob Clarks. Et il prétend que la fabrique est là depuis presque soixante ans, et que si on y utilisait des produits dangereux, depuis le temps, ça se saurait.

Ou alors, c'est précisément parce que ça fait soixante ans que ça dure que les dégâts commencent à se voir…

22

Kristen

La matinée touche à sa fin quand le capitaine McCornick vient nous informer que l'incendie est finalement maîtrisé.

– Et comme je l'espérais, le reste de la ferme a été épargné, et les autres bâtiments sont indemnes, déclare-t-il.

Une vague de soulagement s'abat sur moi. Cependant, mon apaisement est de courte durée.

– La boutique est censée ouvrir demain. Qu'est-ce qu'on va dire aux gens qui vont arriver de Rockford et des alentours ? m'exclamé-je.

Moi qui étais tellement ravie d'avoir obtenu la parution de notre publicité dans le Mountain News Express *!*

Le capitaine des pompiers m'adresse un regard navré.

– Je suis désolé, Kris. Je te conseille de commencer par prévenir Elijah, il doit appeler les assurances. Cela dit…

Il se racle la gorge, jetant un coup d'œil en direction de Lewis.

– Je n'ai pas encore fait mon rapport, mais il va certainement y avoir une enquête.

Je tressaille.

– Évidemment qu'il va y avoir une enquête ! C'est forcément un incendie criminel !

– Kris, je sais qu'Elijah est ton ami, mais le fait est que

tout le monde sait qu'il a des difficultés financières. De *grosses* difficultés.

Pour la première fois, Lewis prend la parole.

– Qu'est-ce que vous insinuez, capitaine ?

– Eh bien, pour être tout à fait clair, on a retrouvé des bidons d'essence qui n'étaient que partiellement endommagés. Les mêmes que ceux qui se trouvent dans le hangar de votre frère. Et tout à fait entre nous, le shérif suspecte une tentative de fraude à l'assurance.

Lewis accuse le coup, affichant l'expression glaciale qu'il maîtrise à la perfection. Embarrassé, le capitaine des pompiers prend congé, refermant la porte derrière lui.

Silencieux, Lewis se dirige vers la fenêtre du salon. J'hésite à le rejoindre, rongée par la culpabilité.

– Je n'aurais jamais dû me lancer dans cette histoire toute seule. Tout est de ma faute.

Je me laisse tomber sur le canapé, découragée. Lewis vient s'accroupir devant moi, posant la main sur ma joue.

– Hé ! Tu as simplement suivi tes convictions, dit-il doucement.

Je sens des larmes perler aux coins de mes yeux.

– J'ai agi en dépit du bon sens, comme je le fais toujours.

Il s'installe près de moi, passant le bras autour de ma taille avec précaution.

– Qu'est-ce que tu veux dire ?

– J'ai toujours voulu venir vivre ici. Je ne me suis pas demandée un seul instant si c'était la bonne décision à prendre. Pourtant, quand mes parents ont compris que ça n'était pas juste une lubie et que j'allais rester pour de bon, ils m'ont littéralement harcelée pour que je change d'avis.

– Pourquoi ça ? Qu'est-ce qui les ennuie autant ?

– Que je passe à côté d'une brillante carrière de journaliste, d'abord. Tu savais que j'étais major de promo ?

Il a un sourire amusé.

– Non. Mais ça ne m'étonne pas. J'imagine que c'est ça qui te rend aussi autoritaire.

Je lui donne un petit coup de coude, qu'il ne se donne même pas la peine d'esquiver.

– Et quoi d'autre ?

– Eh bien, je ne suis toujours pas mariée et l'heureuse mère d'une ribambelle d'enfants.

– Je vois... Mais, toi : est-ce que tu regrettes d'être venue t'installer ici ?

Je réfléchis longuement, avant de soupirer.

– Non. Ce que je regrette vraiment, c'est d'avoir échoué. Tu vas trouver ça stupide, mais j'étais persuadée que j'avais quelque chose à apporter à cette ville. J'aurais voulu... je ne sais pas... faire quelque chose pour y laisser une petite empreinte.

À ma grande surprise, il hoche la tête gravement.

– Oh, je vois tout à fait de quoi tu parles, crois-moi.

– Vraiment ?

– Oui. Mon grand-père, mon père... chacun a laissé une trace de son passage à la tête de notre société. Quand j'ai pris les commandes, j'espérais en faire autant. Mais jusqu'à présent, c'est un échec cuisant.

Je le contemple pensivement, n'arrivant pas à croire qu'il considère sa carrière comme un échec.

– Tu as tout le temps devant toi, Lewis. Mais...

Je me mordille nerveusement la lèvre, consciente qu'il risque de très mal prendre ce que je m'apprête à lui dire.

– ...maintenant, il faut absolument prévenir Elijah. Il doit revenir au plus vite, dis-je.

Je m'attends à ce qu'il me repousse et se mette en colère, au lieu de quoi il se contente de secouer doucement la tête.

– Non. Cette fois, c'est à moi de suivre mes convictions.

Peu importe l'avis de mon père ou les règles stupides de mon frère.

Je le dévisage, cherchant vainement à deviner ce qu'il a en tête, mais il se lève avec détermination.

– De toute évidence, ActiveWave a très peur des informations que tu pourrais révéler. Mais ils ont commis une grosse erreur en incendiant la boutique. Maintenant, nous n'avons plus rien à perdre.

Je relève la tête, secouée par un frisson électrique.

– Tu as raison. Mais comment répliquer ? Même si certains habitants de Belvidere commencent à ouvrir les yeux, cela ne suffira pas à venir à bout d'une machine de guerre comme ActiveWave.

– Ça, je m'en occupe.

Je suis sur le point de lui demander ce qu'il entend par là quand on frappe à la porte. J'étouffe un petit cri de rage.

– Si c'est le shérif Anderson, je m'en vais lui dire ce qu'il peut faire de ses accusations !

Je me dirige vers la porte d'un pas rageur, avant de l'ouvrir violemment. Et je reste bouche bée en tombant nez à nez avec Wyatt.

– Wyatt, que…

La question meurt sur mes lèvres quand je réalise qu'il n'est pas tout seul. Un groupe d'habitants se tient à quelques pas du chalet, et je reconnais le mari de Sarah parmi eux. Wyatt le désigne d'un geste de la tête.

– Don nous a parlé. On sait pas trop ce que trafique ActiveWave, mais ça, c'est pas correct.

– Qu'est-ce que vous voulez dire ? l'interroge Lewis en me rejoignant.

Wyatt serre les dents.

– Cet incendie-là, il ne s'est pas déclenché tout seul. Et on sait tous ici que c'est pas vous qui l'avez allumé, hein ? On va pas vous laisser tomber. Dites-nous juste comment on peut vous aider ?

Des larmes d'émotions me montent aux yeux, et je lance un coup d'œil à Lewis. Bien que je n'aie pas la moindre idée de ce à quoi il pense, je jurerais voir les rouages de son cerveau carburer à plein régime.

– Vous êtes vraiment prêts à nous aider ? demande Lewis.

Wyatt et les autres acquiescent avec détermination.

– Alors, soyez tous à la ferme dans deux heures. On va avoir du travail.

– On y sera. Allez, venez, les gars !

Il s'éloigne en entraînant les autres à sa suite, et je me tourne vers Lewis.

– Enfin, est-ce que tu vas enfin me dire…

Il me coupe.

– Hé ! Assez joué à la cheffe ! On a une boutique à ouvrir. Je vais utiliser ton ordinateur, si ça ne t'ennuie pas. Celui de mon frère est une antiquité.

Il ne se donne pas la peine d'attendre ma réponse, me plantant là pour aller récupérer mon ordinateur dans le salon.

– Il se trouve que ça m'ennuie… marmonné-je.

– Pourquoi ? Tu as peur que ton historique me révèle que tu as fait des recherches sur moi ?

Je tente de dissimuler mon embarras, mais de toute évidence, je suis plus douée pour bluffer dans une partie de poker que dans la vraie vie, et il éclate de rire.

– Ce n'est pas ce que tu crois. Je te rappelle que je suis journaliste, à la base…

– Et une journaliste qui ne recule devant rien.

Je pince les lèvres, toujours torturée par l'idée que c'est à cause de moi qu'on en est arrivé là. Pourtant, je ne perçois aucun reproche dans la voix de Lewis. Au contraire, son ton tout à coup sérieux est presque empreint… de respect ? Je n'ai pas le loisir de lui poser la question, car son regard est à présent rivé sur l'écran, et il laisse rapidement échapper une exclamation victorieuse.

– Voilà. C'est exactement ce que je cherchais.

Sans s'embarrasser d'explications, il se saisit de son téléphone, composant rapidement un numéro.

– Matt ? Je vais avoir besoin de toi…

Matt… son meilleur ami…

Je le suis du regard tandis qu'il se dirige vers les escaliers, afin de s'isoler dans sa chambre. Je comprends maintenant ce qu'il entendait quand il parlait de suivre mes convictions en dépit de l'avis de mon père ou des règles établies par son frère.

Une part de moi me souffle qu'il agit pour la bonne cause. Et il me semble à présent évident que je me trompais totalement quand je l'imaginais en train de distribuer des ordres à ses employés. De toute évidence, il préfère être dans l'action lui-même. Il n'empêche que je n'aime pas du tout être tenue à l'écart de cette façon !

Retrouvant mes esprits, je me dirige vers la porte de sa chambre. Mais à l'instant où je m'apprête à frapper, je me fige, l'entendant hausser le ton.

– Elijah est un petit con, et crois-moi : je compte bien mettre les choses au point avec lui le moment venu. Mais je ne permettrai pas qu'ActiveWave s'en prenne à lui impunément. C'est mon frère !

Je suis frappée par le ton avec lequel il prononce ces dernières paroles. Ma colère s'évanouit tout à coup. J'étais sûre qu'il était déterminé à se lancer dans la bataille par fierté, pour prouver quelque chose à Elijah.

À présent, j'ai la certitude que Lewis agit avant tout par affection pour son frère. Qu'il en soit conscient ou pas, il l'aime, et cela me serre le cœur de réaliser que ces deux-là sont juste incapables de communiquer.

Je m'éloigne discrètement de la porte, me jurant intérieurement que dès que toute cette histoire sera terminée, je veillerai à ce qu'ils se parlent, quand bien même je devrais les enfermer à double tour dans une pièce pour les obliger à le faire.

***

Deux heures plus tard, Lewis émerge finalement de la chambre, et lorsque je le vois se diriger vers la porte d'entrée, je me réjouis d'avoir bataillé un long moment pour enfiler mes chaussures et ma parka avec une seule main valide. Je me plante sur son chemin, afin de l'empêcher d'ouvrir.

– Je ne sais pas ce que tu mijotes, puisque tu n'as pas jugé utile de m'expliquer ce que tu faisais, mais je viens avec toi, déclaré-je.

– J'ai très peu de temps devant moi, Kris.

J'abats le plat de ma main sur sa poitrine, ce qui ne le fait d'ailleurs pas reculer d'un pouce.

– *On* a très peu de temps ! Je ne suis peut-être pas une employée officielle ni une associée sur le papier, mais ça *me* concerne aussi !

Nous nous affrontons du regard, et j'ai une furieuse envie de lui tordre le cou en le voyant afficher cette expression froide et autoritaire qui m'exaspère tant.

– Kris, avec ton poignet…

Je plisse les yeux.

– Quoi ? Je ne suis pas utile pour tes plans ?

Il me fusille du regard.

– Tu sais très bien que ce n'est absolument pas ce que je voulais dire. Je m'inquiète pour toi !

Son masque se fissure un instant, et je perçois une lueur de sincérité au fond de ses yeux qui me touche en plein cœur. Pas question pour autant de me laisser attendrir.

– Je viens avec toi.

– Très bien. Mais ne compte pas sur moi pour jouer les infirmiers si tu attrapes une pneumonie.

Je le suis jusqu'au pick-up. Ouvrant la portière, il me décoche un regard noir, démenti par la précaution avec laquelle il me saisit par la taille pour m'aider à monter. Puis, il s'installe au volant et démarre. Quelques minutes plus tard, nous arrivons à la ferme, où nous attendent déjà Wyatt et son groupe, qui semble avoir grossi depuis sa visite. La plupart d'entre eux portent un foulard leur couvrant le nez et la bouche. Je comprends pourquoi en descendant du véhicule : une odeur âcre de fumée me saisit à la gorge.

À la place de la boutique, nous découvrons un vaste carré noirci. Elle a littéralement été rasée par la violence des flammes. Près de moi, Lewis serre violemment la mâchoire, blême. Une violente colère teintée de chagrin se lit sur son visage, et il laisse échapper un juron. Surprenant mon regard, il déglutit difficilement avant de murmurer.

– Les outils de mon grand-père. Ils étaient dans la boutique.

J'ai l'impression que mon cœur se brise en intégrant ses paroles. J'ai envie de le serrer dans mes bras et de le réconforter d'une façon ou d'une autre, mais Wyatt s'approche de nous.

– Alors : par où on commence ?

Avec une rapidité déconcertante, toute trace d'émotion disparaît du visage de Lewis, tandis qu'il consulte l'heure sur son téléphone.

– On attend.

Je ne songe même pas à lui demander ce qu'on attend. En un éclair, les paroles d'Elijah me reviennent en mémoire. Il a toujours pensé que son frère était dénué d'émotions. Mais il me semble surtout doué pour les refouler au plus profond de lui.

23

Lewis

Je me détourne de la vision de la boutique réduite à néant – tout comme les ciseaux à bois de mon grand-père. Je sais que Kris mesure toute la profondeur de mon chagrin, et je fuis d'autant plus son regard, craignant de laisser l'émotion me submerger. En vain…

Tu es un putain d'abruti, Lewis. Si tu avais laissé ces outils à leur place… Mais non, il a fallu que tu laisses l'amertume et la jalousie prendre le dessus.

Heureusement pour moi, le bruit d'un moteur puissant se rapproche, et un camion ne tarde pas à apparaître. Deux hommes en descendent, sous le regard curieux de la petite bande réunie par Wyatt. Kris se glisse à mes côtés.

– Tu veux bien me dire ce qu'il y a là-dedans ? demande-t-elle.

– Un barnum. Et de quoi y aménager une boutique et la chauffer.

Elle ouvre de grands yeux.

– Avec quoi tu comptes payer ça ?

Je ne réponds pas, peu désireux qu'elle soit au courant. Cependant, elle est loin d'être idiote.

– C'est *ton* argent, c'est ça ?

Elle m'entraîne à l'écart, me parlant à voix basse.

– Tu te rends compte que ton frère n'aura peut-être jamais les moyens de rembourser une dette pareille ? précise-t-elle.

Je hausse les épaules.

– Je n'ai jamais dit qu'il devait le faire.

– Lewis, tu crois vraiment qu'il va accepter de te devoir de l'argent ?

Surveillant d'un œil les va-et-vient des hommes qui déchargent le camion, je grommelle.

– Il ne me doit rien du tout. Sa boutique a brûlé alors qu'elle était sous *ma* responsabilité, non ?

Kris lève les yeux au ciel.

– Si on va par-là, alors, c'est moi qui suis responsable.

Je ne peux pas résister à la tentation d'acquiescer.

– C'est vrai. Maintenant que tu en parles, *tu* as une dette envers moi.

Elle me foudroie du regard alors que je me dirige vers Wyatt et son groupe, qui ont terminé de décharger le camion.

– Voilà le plan. Une équipe monte le barnum par ici. Comme vous le savez, les personnes qui souhaitent couper leur propre sapin devaient traverser la boutique pour accéder aux arbres. On n'a pas le temps de nettoyer tout ça, aussi on va les orienter par là… Pendant ce temps, une seconde équipe…

Tandis que je poursuis la répartition des tâches, je sens le regard de Kris peser sur moi. Et je ne suis pas surpris qu'elle fonce droit sur moi lorsque j'ai terminé et que chaque membre de l'équipe se met au travail.

– Et moi, je suis censée faire quoi ?

Je sais que c'est peine perdue de lui demander d'être raisonnable. Aussi, je n'essaie même pas.

– Toi, tu restes ici. On ne fera pas de miracle, mais ce serait bien de dissimuler un peu ce carnage.

Je désigne la boutique calcinée d'un geste de la tête.

– Montre à Don les sapins en pots qui ne sont pas destinés

à être vendus cette année et qu'on peut utiliser en guise de brise vue, et assure-toi qu'il les dispose au mieux. Et garde un œil sur l'installation de la boutique.

Elle m'adresse un sourire satisfait. En contemplant la joie qui se peint sur son visage pour la première fois depuis des jours, je ressens un étrange frisson de satisfaction. Et j'entraîne mon groupe vers les vastes rangées de sapins avec un regain d'énergie.

***

Je contemple un instant le groupe qui s'active au milieu des sapins – coupant les arbres, les emballant et les déposant sur la remorque d'un tracteur massif, aux commandes duquel Wyatt est étonnamment à l'aise. Je me réjouis silencieusement de ne pas avoir eu à le conduire moi-même.

Surgissant tout à coup à mes côtés, Kris me lance un coup d'œil malicieux.

– Je veux te voir conduire ce truc au moins une fois avant que tu ne quittes Belvidere.

À l'évocation de mon départ prochain, je ressens une vive douleur dans l'estomac. Je m'efforce toutefois de rire.

– N'y compte même pas ! Dis-moi plutôt ce que tu fais là. Tu étais censée surveiller l'installation de la boutique.

– Jolie feinte pour m'obliger à ne pas trop bouger, et jouer tranquillement au chef ici. Je venais te prévenir que des renforts sont arrivés. Tu devrais venir voir ça. D'ailleurs, la nuit tombe. Vous devriez tous rentrer.

– C'est plus fort que toi, hein ? Il faut absolument que ce soit toi qui diriges ?

M'ignorant ostensiblement, elle hèle Wyatt.

– Beau travail, les amis ! Il est temps d'arrêter pour aujourd'hui.

Je lève les yeux au ciel, attrapant le sapin que je viens de couper pour l'emballer et le déposer dans la remorque, avant que nous ne reprenions tous le chemin du retour.

La nuit est complètement tombée lorsque nous arrivons. Le barnum est monté, et je découvre avec surprise qu'un brasero a été installé juste à côté. Auprès de lui, je devine la silhouette tout en rondeur de Dorie, aussi exubérante qu'à son habitude.

– James, pour l'amour du ciel : ravive-moi ce feu ! Charlie, combien de fois il faut te le demander ? Va me chercher les thermos, bon sang ! s'agit-elle.

Elle cesse de houspiller les uns et les autres lorsqu'elle nous aperçoit, nous adressant de grands signes pour qu'on vienne la rejoindre.

– J'ai préparé du thé, du chocolat et du café pour tout le monde. Mais ça, mes chéris, c'est spécialement pour vous deux.

Elle sort un petit thermos de son sac, pour nous le tendre avec un clin d'œil. Le visage de porcelaine de Kris s'empourpre légèrement, et je me sens moi-même embarrassé. J'imagine que tout le monde sait que je me suis installé chez Kris, et je sais pertinemment comment cela est interprété. Heureusement pour nous, Dorie est bientôt sollicitée pour diriger le déballage des denrées qu'elle a apporté.

Il ne faut pas longtemps pour que tout le monde se retrouve autour du brasero, faisant griller des marshmallows piqués sur des branches de bois. Les yeux de Kris pétillent de gourmandise, et son profil délicat m'hypnotise au point que mon propre marshmallow est carbonisé lorsque je finis par le retirer du feu.

Par chance, ma mésaventure passe inaperçue au milieu des conversations qui vont bon train.

– Moi, j'dis qu'on n'est pas sûr que ce soit bien ActiveWave qui soit responsable, avance quelqu'un.

– Toi, tu es un crétin, Charlie !

– Du calme, Wyatt. Peu importe qui est responsable : il faut s'assurer qu'il n'y ait pas d'autre incident.

– On a mis au point un planning de rondes. Et je l'attends avec ma Winchester.

– Pas question, Don ! intervient Kris. Je ne veux voir personne armé.

Don lui décoche un regard courroucé. Je suis tenté d'intervenir afin de soutenir Kris. C'est oublier un peu vite qu'elle n'a pas froid aux yeux.

– J'ai dit personne, compris ?

Son ton et son expression déterminée ne laissent pas place à la discussion, et Don finit par hocher la tête.

Renonçant à faire griller un autre marshmallow, je me tourne vers l'entrée de la ferme. Il commence à être tard, mais au fond de moi, j'espère toujours voir une voiture apparaître.

– Lewis, mon chou…

Je sursaute au son de la voix de Dorie, qui me présente un plat rempli de muffins. Elle affiche une moue contrariée quand je refuse, mais elle poursuit son service improvisé, passant d'une personne à l'autre.

Je m'écarte aussi discrètement que possible pour aller m'installer sur les marches du porche. Ma retraite n'échappe pas à Kris, qui ne tarde pas à venir s'asseoir près de moi.

– Tout va bien ? Tu es bien silencieux, depuis tout à l'heure.

Je lance un ultime regard en direction de la route.

Il faut croire que Matt n'est pas magicien en fin de compte.

Étouffant un soupir, je souris à Kris.

– La journée a été longue, et plutôt mouvementée.

– Au moins, tu auras des souvenirs intéressants en rentrant à New York.

Une fois encore, la perspective de repartir me noue l'estomac, et je me détourne sans lui répondre. Laissant errer mon regard en direction de la route, je tressaille en croyant apercevoir une lueur. Je me lève brusquement en constatant qu'un faisceau de phares apparaît bel et bien.

Kris se lève à son tour.

– Le shérif ?

Merde. Je n'avais pas pensé à lui.

Cependant, lorsque le véhicule s'approche, nous constatons vite qu'il s'agit d'un SUV flambant neuf, et non du véhicule du shérif. Le silence se fait autour du feu lorsqu'il s'immobilise. Bien que je ne sois pas particulièrement exubérant, je ressens une réelle bouffée de joie lorsque la portière s'ouvre et que Matthew apparaît.

– Quelqu'un organise une soirée ? demande ce dernier.

Bien que je ne sois pas d'un naturel démonstratif, je le serre dans mes bras.

– Bon sang, Matt : je ne pensais pas que tu y arriverais !

Il me repousse d'un geste vif.

– Je t'avais pourtant dit que j'étais un magicien.

Tandis que les autres se remettent à discuter autour du feu, Matt examine les lieux.

– Charmant. Totalement paumé, mais charmant. *Vraiment* charmant, répète-t-il alors que son regard tombe sur Kris.

Elle s'approche, le toisant avec étonnement.

– Kris, je te présente Matt…

– Son bras droit et son meilleur ami. Autant dire qu'il n'est rien sans moi. Et vous, j'imagine que vous êtes le bûcheron ?

Je lui lance une bourrade dans la poitrine pour le faire taire. En vain : Kris se met à rire.

– Vous arrivez vraiment de New York ?

– Après un détour par notre dépôt. Des heures et des heures de route à travers ce bel état. Je suis au bord de la dépression. Trop d'arbres d'un coup pour un New-Yorkais. Je ne sais pas comment tu as survécu, achève-t-il en se tournant vers moi.

– Moi, j'en ai bien une petite idée, intervient Dorie, en lançant un regard appuyé en direction de Kris. Buvez-moi ça.

Elle colle une tasse fumante dans les mains de Matt, qui ne se fait pas prier pour avaler une gorgée.

– Alors ça, c'est le meilleur café que j'ai bu de ma vie.

Dorie plisse les yeux.

– Vous, vous me plaisez. Vous allez goûter à ma tarte aux pommes.

Matt se laisse entraîner sans résistance.

– Matt !

Il me lance un coup d'œil par-dessus son épaule :

– Dans le coffre ! La suite arrive dans la semaine ! répond-t-il une assiette déjà dans les mains.

Kris m'emboîte le pas tandis que je me dirige vers l'arrière du SUV.

– Qu'est-ce qu'il y a dans le coffre ? demande Kris curieuse.

Je lui lance un regard malicieux.

– D'après toi ? Qu'est-ce qu'on vend dans une boutique de sapins ?

Elle ouvre de grands yeux lorsque j'ouvre le coffre en dévoilant un stock impressionnant de décorations de Noël. J'émets un petit sifflement.

– Je ne pensais pas qu'il arriverait à en caser autant. On va en avoir pour des heures à tout mettre en place.

– Alors, ne perdons pas de temps, lance Kris avec enthousiasme.

***

Il est plus de minuit lorsque nous terminons de tout installer, et que chacun rentre chez soi – à l'exception des volontaires qui ont décidé de se relayer pour monter la garde. Sans surprise, c'est Wyatt qui est à leur tête, et je lui confie les clés du chalet.

– Et souvenez-vous : pas d'armes, rappelle Kris.

Matthew observe l'installation de ces gardiens improvisés avec une pointe d'amusement.

– C'est un véritable campement militaire, dis donc. Et nous, comment ça se passe ? On dort sous le barnum.

Kris se met à rire.

– Lewis s'est installé chez moi.

Avisant l'expression de Matt, je préfère intervenir avant qu'il ne dise quelque chose d'embarrassant.

– Ce n'est pas ce que tu crois...

– Ah non ?

– Non. Ici, la chaudière est morte. Et Kris a eu un accident...

Elle brandit son poignet immobilisé.

– Oh. Bien sûr.

– Continue comme ça et tu auras le choix entre le barnum et ta voiture, déclaré-je.

Kris se met à rire.

– Ne l'écoutez pas. À Belvidere, on ne laisse pas de pauvres étrangers dans le froid. Sauf quand ils sont vraiment insupportables...

Elle me regarde ostensiblement, et je lève les yeux au ciel en songeant à la première nuit glaciale que j'ai passé ici même. Et à mon sentiment d'oppression face à la forêt. À présent, j'ai l'impression de vivre ici depuis très longtemps.

24

Kristen

Je gémis de détresse lorsque l'alarme sonne. J'ai à peine dormi quelques heures, mais je ne peux pas me permettre d'être en retard. J'espère même arriver à la ferme avec suffisamment d'avance pour m'assurer que tout est vraiment prêt.

Sortant péniblement de mon lit, je tends l'oreille, et je perçois de légers bruits provenant du rez-de-chaussée. Je trouve cela étrangement réconfortant – j'aime ne pas être seule dans ce vaste chalet.

Ne t'y habitue pas trop. Ce n'est plus que l'affaire de quelques jours, me souffle une petite voix, que je repousse aussitôt.

Je me dirige vers la salle de bain avec un soupir. Depuis que je dois me débrouiller avec une seule main valide, faire ma toilette relève du challenge. Au moins, mes ecchymoses sont nettement moins douloureuses. Je les examine avec amertume, en songeant à cette soirée avec Lewis. J'imagine que le moment est passé, et qu'il ne se présentera plus à nouveau. C'est sans doute une bonne chose que mes contusions nous aient empêchés d'aller plus loin, dans le fond. Avec un soupir, je finis de me déshabiller et je me glisse sous la douche, espérant que l'eau chaude parvienne un peu à chasser mes regrets.

Lorsque je descends, je suis surprise d'entendre des éclats de rire provenant de la cuisine. Matthew m'a tout l'air d'un homme chaleureux et expansif, et manifestement, il déteint sur Lewis. Je sais que tous les deux se connaissent sans doute depuis longtemps. Je n'en ressens pas moins une certaine tristesse en songeant que Lewis ne parvient pas à se montrer aussi décontracté avec son propre frère – ni même avec moi.

Entrant dans la cuisine, je découvre Matt aux fourneaux, préparant des pancakes. Il me lance un sourire éblouissant.

– Juste à temps pour le petit-déjeuner ! Installez-vous.

Lewis me lance un coup d'œil complice.

– Oui, je t'en prie. Fais comme si tu étais chez toi.

Je pouffe en prenant place près de lui, observant Matt – visiblement très à l'aise en cuisine. Il me dépose une assiette copieusement garnie sous le nez.

– Goûtez-moi ça. Les œufs brouillés sont ma spécialité.

Je ne me fais pas prier… et je ne tarde pas à le regretter. En dépit de mes efforts, je ne peux dissimuler une grimace. Je ne saurais pas dire ce qui est le plus perturbant : la texture, ou l'assaisonnement.

– Je suis désolé, Matt : je crois que tes œufs brouillés sont immangeables.

En dépit de la sympathie que j'éprouve pour son ami, je ne peux pas donner tort à Lewis. Matt hausse négligemment les épaules, se penchant vers moi.

– C'est loupé, d'accord. Mais sincèrement, Kris : est-ce que vous n'avez pas eu une furieuse envie de vous jeter sur moi en arrivant dans la cuisine ?

Je pince les lèvres.

– Sincèrement ?

Il affiche une mine affligée.

– À New York, n'importe quelle femme craque immédiatement pour un homme qui fait la cuisine. Alors, dites-moi : qu'est-ce qui fait craquer les femmes dans cette région du monde reculée. C'est pour un ami…

Il fait un signe de tête en direction de Lewis, qui se lève, lui assénant un coup de poing dans l'épaule.

– Ça suffit. Je te rappelle qu'on a à faire, aujourd'hui.

J'avale rapidement une gorgée de café, me levant déjà pour partir, quand Lewis m'arrête.

– Je pense que c'est mieux que tu restes ici.

Je reste muette de stupéfaction pendant une fraction de seconde.

– Tu plaisantes ? Il n'est pas question que je te laisse...

Matt s'interpose, nous éloignant l'un de l'autre.

– On se calme, les amoureux.

Je suis sur le point de lui dire que cette fois, je ne le trouve plus drôle du tout, mais il affiche tout à coup un visage extrêmement sérieux.

– Lewis a raison, Kris. Si on veut qu'un recours en justice puisse aboutir, il faut un dossier solide. Et vous êtes la mieux placée pour me briefer sur ce qui se passe chez ActiveWave.

Un recours en justice ?

À regret, je me résous à laisser Lewis partir seul. Je le suis jusqu'à la porte, lui donnant quelques recommandations.

– Les saisonniers sont expérimentés, tu peux leur faire confiance. Garde les personnes qui souhaitent couper leur propre sapin à l'œil : elles ne doivent couper que ceux qui ont été marqués. Et...

Il se tourne vers moi, écartant une mèche de cheveux de mon visage. Ce simple contact suffit à m'électriser, et je me rends compte que ce n'est pas réellement le fait de manquer l'ouverture de la boutique pour la première fois qui me noue l'estomac. Je n'ai tout simplement pas envie de voir Lewis partir sans moi... où que ce soit.

– Hé. Ça va aller, d'accord ? Je gère. Et tu pourras me rejoindre plus tard.

J'étouffe un soupir, acquiesçant en silence. La porte se referme sur lui, et je me retourne, découvrant Matt qui se tient nonchalamment appuyé dans l'embrasure de la porte du salon.

– Je n'ai pas de GPS intégré, mais à vue de nez, je dirais que la ferme n'est pas à plus de trois kilomètres d'ici. Vous allez le revoir, vous savez.

Passant devant lui, je saisis un coussin sur un fauteuil pour le lui balancer dessus.

– Et si on se mettait au travail ?

– Allons-y. Commencez par me montrer ces analyses.

***

Je fais nerveusement les cent pas tandis que Matt est au téléphone. La communication dure depuis une demi-heure, et je ne peux pas m'empêcher de me demander comment ça se passe à la ferme. Finalement, Matt raccroche.

– Alors ?

Il a une moue dubitative.

– Il y a du bon et du mauvais. Les analyses n'ont pas été faites dans des conditions optimales. Elles ne seront pas recevables.

Je me cabre.

– Pas recevables ? Mais enfin, j'ai failli me faire descendre pour recueillir ces échantillons.

– Je suis navré, Kris. Mais d'après ce document, m'explique-t-il en brandissant les résultats que j'ai imprimés, l'eau doit impérativement être conservée à une température minimale précise.

– C'est une blague ? Matt, vous avez une idée de la température de l'eau d'un torrent de montagne en cette saison ?

Il lève les yeux au ciel.

– J'en ai une vague idée, oui. Mais ce sera un jeu d'enfant

pour la partie adverse de nous mettre hors-jeu avec ce genre d'argument.

– Alors quoi ?

– Alors, on refait faire les prélèvements. Par des professionnels, cette fois.

Je laisse échapper un cri de frustration.

– Quoi d'autre ?

– Malheureusement, il est peu probable que l'on puisse prouver l'implication d'ActiveWave dans votre accident de voiture ou dans l'incendie de la ferme.

Je me laisse tomber sur un fauteuil, découragée.

– En somme, on repart de zéro.

– Pas tout à fait, non.

Je lève les yeux vers lui, sceptique.

– Ah non ?

– Oh, non. À présent, vous avez Lewis Barrett à vos côtés. Et croyez-moi, quoi qu'en dise papa Barrett ces derniers temps : il est redoutable. Surtout quand la cause lui tient à cœur, ajoute-t-il, faisant peser sur moi un regard lourd de sous-entendus.

Le silence tombe dans la pièce, et je suis terriblement tentée d'interroger Matt afin d'en apprendre davantage sur Lewis. De toute évidence, il est la personne qui le connaît le mieux. Tandis que j'hésite, mon téléphone se met à sonner.

Je le saisis immédiatement, espérant qu'il s'agisse de Lewis. Mais c'est un numéro inconnu qui s'affiche. Matt affiche un petit sourire satisfait.

– À votre place, je répondrais tout de suite.

– Qu'est-ce que…

– Une intuition. Répondez, je vous dis. Moi, je crois qu'il est temps que j'aille faire mes bagages.

Il disparaît sans donner davantage d'explications, et je finis par décrocher.

– Kristen Chestfield ? Rebecca Ingman, United Insight Channel.

À la mention de United Insight Channel, je manque de laisser échapper une exclamation. Cette jeune chaîne d'info est d'ores et déjà réputée pour la qualité de ses enquêtes. Et Rebecca Ingman en est l'une des principales vedettes – bien qu'elle n'ait que quelques années de plus que moi.

– Kristen ? insiste-t-elle face à mon silence.

– Oui. C'est moi.

– D'après certaines rumeurs, la société ActiveWave pourrait être impliquée dans une affaire de pollution de l'eau à proximité d'une zone protégée. Vous auriez quelques minutes pour en discuter avec moi ?

Si j'ai quelques minutes ?

– Bien sûr.

***

La matinée touche à sa fin quand Matt propose de me conduire à la ferme. Je sais qu'il compte saluer Lewis avant de repartir pour New York, et je saisis cette occasion pour l'interroger.

– Comment Rebecca Ingman a-t-elle eu l'info ?

Il me lance un coup d'œil, visiblement sincèrement surpris.

– La Rebecca Ingman de United Insight Channel ?

Quelque chose me dit qu'il ne l'a pas repérée pour ses qualités professionnelles – mais je n'ai pas le temps de le recadrer, et je me contente de confirmer qu'il s'agit bien d'elle. Il hausse une épaule.

– Faire fuiter les infos qu'il faut, ça fait aussi partie de mon job. Mais très sincèrement, je ne pensais pas que ça intéresserait un média aussi important. En tout cas, pas à ce stade.

– Et je suppose que c'était une idée de Lewis ?

Il me regarde avec étonnement.

– On dirait que ça vous contrarie.

– Eh bien, j'aurais apprécié que quelqu'un me demande mon avis.

– Enfin…

Je le coupe.

– Je réglerai ça avec lui.

Je détourne ostensiblement le regard, mettant ainsi fin à la conversation, et le trajet s'achève en silence.

En arrivant à la ferme, une douce chaleur envahit ma poitrine en constatant que la boutique est grouillante de monde. En plein jour, le barnum décoré de grandes guirlandes de sapin rehaussées de nœuds est plutôt joli – même s'il est assez ironique que les guirlandes en question soient artificielles. Je ne suis pas certaine qu'Elijah apprécierait…

Matt entraîne Lewis un peu à l'écart de l'agitation de la boutique, et je décide d'attendre pour aller lui dire ce que je pense de sa façon d'agir. Je me dirige vers le bosquet de sapins que l'on a installé pour dissimuler les ravages de l'incendie. L'odeur de fumée est toujours présente, mais plus au point d'être incommodante.

Le visage de Lewis face à la boutique réduite en cendre me revient à l'esprit, et le chagrin que j'y ai vu me serre à nouveau le cœur. Contournant le bosquet, je m'aventure sur le sol calciné, examinant les quelques gravats. Si seulement cette boîte contenant les outils de son grand-père pouvait avoir échappé à cette dévastation…

– Hé, Kris !

Je me retourne en sursautant, reconnaissant immédiatement la voix de Nick. Il avance vers moi, le visage menaçant.

– Alors comme ça, ton mec et toi, vous avez réussi à ouvrir votre boutique ? C'est bien ça. Je suis content pour vous, vraiment.

Son expression dément ses paroles mielleuses, et je ne peux détacher mon regard de ses mains, songeant avec horreur qu'il pourrait facilement me tordre le cou si l'envie l'en prenait.

– Dis-moi, j'ai entendu dire que la ferme était bien surveillée. Mais ton chalet, tu y as pensé ? Imagine qu'il prenne feu…

Je continue de reculer, jusqu'à ce que mon pied heurte quelque chose et que je bascule en arrière, tombant durement au sol. Le choc provoque une violente douleur dans mon poignet blessé, et je ne peux réprimer un cri.

– Écoute-moi bien, espèce de petite…

– À ta place, je la fermerais très vite.

Reconnaissant la voix de Lewis, je ressens un bref instant de soulagement. Mais mon cœur s'emballe à nouveau quand je vois Nick se tourner lentement vers lui, avec un rire mauvais.

– Ou sinon quoi ?

Lewis le fixe avec un calme inquiétant.

– Dégage d'ici.

Peu habitué à ce qu'on lui tienne tête, Nick rugit de rage, se précipitant vers Lewis. J'ai à peine le temps d'ouvrir la bouche pour appeler à l'aide : le poing de Lewis s'écrase sur le nez de Nick avec un son écœurant. Nick pousse un cri de surprise et de douleur, portant les deux mains à son visage.

Attirée par ce tapage, quelques personnes tentent de contourner le bosquet de sapins, mais une voix puissante leur intime de reculer. Lewis se précipite vers moi, à l'instant où le shérif Anderson surgit.

– Bon sang, qu'est-ce que c'est que ce bordel ?

Il me lance un coup d'œil, avant de se tourner vers Nick, affalé au sol le visage en sang. Étouffant un juron, il lance à Lewis.

– Vous, occupez-vous d'elle. Et toi, tu viens avec moi.

Saisissant Nick par le col de sa veste, il le relève, le poussant sans ménagement. Avant de disparaître, il se tourne à nouveau vers Lewis.

– Vous… Sachez que je commence à passer un peu trop de temps ici à mon goût ! Il vaudrait mieux pour vous que ce soit la dernière fois qu'on se voit.

Donnant une violente poussée dans le dos de Nick, il l'entraîne vers sa voiture.

Agenouillé près de moi, Lewis m'examine avec inquiétude.

– Tu n'as rien ?

Je tente de le rassurer, mais une douleur lancinante au poignet m'arrache une grimace.

– Attends, je vais te porter.

Je secoue énergiquement la tête.

– Pas question. Avec un peu de chance, les clients n'auront rien remarqué. Inutile de les affoler. Aide-moi juste à me relever.

Je ne peux pas dire que l'on passe tout à fait inaperçus, couverts de suie. En dehors de quelques regards curieux, cependant, l'incident ne semble pas avoir attiré l'attention, à l'exception de Matt. Il se précipite vers nous, tandis qu'on se dirige vers le pick-up.

– Qu'est-ce qui s'est passé ? J'étais sur le point de partir quand j'ai vu le shérif qui traînait un type salement amoché jusqu'à sa voiture.

– Nick. Un employé d'ActiveWave qui n'est pas ravi qu'on ait réussi à ouvrir la boutique et qui était venu nous le faire savoir.

– Apparemment, tu lui as fait part de ton point de vue de manière plutôt percutante. Et vous, Kris ? Tout va bien ?

– J'ai connu mieux. J'ai surtout eu très peur quand je l'ai vu se jeter sur Lewis.

Matt se met à rire, et je le fusille du regard.

– Qu'est-ce qu'il y a de si drôle ?

– Tu ne sais vraiment pas te vendre auprès des femmes, toi.

– La ferme, Matt. Reste plutôt avec elle : je vais prévenir les autres que je m'en vais.

Lewis se dirige rapidement vers la boutique, et je me tourne vers Matt.

– C'est quoi cette histoire ?

– Lewis fait de la boxe depuis la fac. Et maintenant qu'il a les moyens, il s'offre des cours privés avec un ancien champion du monde.

Je le dévisage.

– C'est une blague ?

Il hausse une épaule.

– Non. C'est sa façon à lui d'évacuer le stress. Oh, et tant que j'y pense…

Il sort une carte de sa poche, la glissant dans ma main.

– Mon numéro personnel. Juste au cas où.

25

Kristen

Je sors de la douche, pas mécontente d'être enfin débarrassée de l'odeur de cendre qui me collait littéralement à la peau. Tout en me séchant, je repense avec amertume à cette brute de Nick. Je ne serais pas surprise qu'il ait contribué à mettre le feu à la ferme. Il est sans doute aussi stupide que Tony – et toute la bande de Rob Clarks. Cela fait des jours qu'il fait profil bas, envoyant sa clique à mes trousses.

Lâche !

Alors que je me sèche, j'aperçois mon reflet dans la glace et je grimace à la vue de mes mèches en bataille. Qui aurait cru que ça pouvait être aussi compliqué de se coiffer avec un poignet immobilisé ? J'enfile rapidement ma tenue fétiche du moment – pull et bas de survêtement, et je me dirige vers ma chambre : ça prendra le temps que ça prendra, mais je suis bien décidée à dompter mes cheveux.

Malheureusement, brosse en main, j'ai tôt fait de me rendre compte que ça n'est pas si simple. Je n'arrive à rien de la main gauche, et lorsque je tente d'utiliser ma main droite en dépit de mon attelle, je ne parviens qu'à réveiller la douleur de mon poignet. À bout de nerfs, je jette furieusement la brosse qui heurte le mur avec un bruit sourd, avant de finir sur le sol, accrochant au passage quelques objets sur mon bureau.

La porte de ma chambre s'ouvre sur Lewis, le visage inquiet.

– Ne te donne pas la peine de frapper, surtout ! m'écrié-je.

Son regard tombe sur la brosse qui gît au sol, avant de se poser à nouveau sur moi.

– C'est une coutume que j'ai apprise en arrivant ici.

Je me plante sous son nez, bouillonnante de colère.

– Je ne suis pas d'humeur à plaisanter !

– Je vois ça. Qu'est-ce qui se passe ? demande-t-il avec un petit sourire en coin.

Je me détourne, commençant à aller et venir dans la pièce.

– Ce qui ne va pas ? Voyons… Peut-être que je suis fatiguée de me donner du mal pour sauver l'exploitation de mon meilleur ami pendant qu'il vit sa meilleure vie à New York. Peut-être que j'en ai marre d'avoir une cible dans le dos. Oh, et peut-être que je n'apprécie pas que tu te permettes de prendre des décisions sans même m'en parler ! Je ne suis pas une de tes employées, Lewis !

Je m'interromps, à bout de souffle et le cœur battant sous le coup de la colère qui s'est emparée de moi.

– Je pense que tu as des raisons légitimes d'être à bout, mais je ne suis pas certain de comprendre ce que tu me reproches précisément.

Lewis me regarde avec un calme qui ne fait que m'exaspérer davantage. Je ne sais pas ce qui me rend le plus dingue : qu'il se croit autorisé à dire si j'ai oui ou non le droit de m'énerver, ou cette façon de se considérer comme irréprochable.

– Tu plaisantes, j'espère ? *Qui* a accepté cet échange stupide avec Elijah ? Et *qui* a demandé à Matt de faire passer *mon* nom aux médias sans même m'en parler ?

Son visage s'assombrit.

– Hé, attends un peu : je te rappelle que personne ne t'a obligée à t'en mêler. Tout comme personne ne t'a obligée à te lancer toute seule à l'assaut d'ActiveWave ! Et peut-être que le fond du problème, c'est que tu ne supportes pas de perdre le contrôle de la situation.

J'ai du mal à le croire.

– Est-ce que tu es en train de m'expliquer ce que je ressens ? *Toi* ? Désolée de te le dire, mais tu n'es pas vraiment le mieux placé pour comprendre les émotions d'autrui !

Je regrette instantanément ces paroles, mais il est trop tard. Le visage de Lewis s'est refermé, devenant aussi imperméable qu'il l'était la première fois que nous nous sommes rencontrés.

Quittant la pièce, il se dirige vers sa chambre. Je le suis, le découvrant en train de rassembler ses affaires.

– Qu'est-ce que tu fais ?

Il me lance un regard fatigué.

– Il est tard, et j'ai besoin d'un break. Tu m'as l'air d'avoir retrouvé la forme, alors je retourne chez moi.

Je m'empare du pull qu'il est sur le point de fourrer dans son sac, le lui retirant des mains.

– Ne sois pas bête. Tu sais bien que je ne pensais pas ce que je disais, avancé-je mal à l'aise.

Il reprend le pull d'un geste sec, le jetant dans son sac avant de le refermer et de le jeter sur son épaule.

– Peu importe.

Il passe la main dans ses cheveux d'un geste las, et je me rends compte qu'il a les traits tirés.

– Lewis…

– On se voit demain, OK ?

Il s'approche de moi et dépose un baiser sur ma joue. Instinctivement, je m'accroche à ses vêtements, une sensation vertigineuse de peur s'emparant de moi au moment où je réalise qu'il part vraiment. Une part rationnelle me souffle qu'il ne vit qu'à quelques kilomètres, dans la propriété voisine. Pourtant, je m'agrippe frénétiquement à lui.

– Non…

Il se redresse un peu pour me regarder, manifestement surpris.

– Kris…

Je ne parviens qu'à répéter.

– Non !

Ma voix est étonnamment normale. Pourtant, je m'accroche à lui de toutes mes forces, tandis que mes pensées s'entrechoquent au point de me donner le tournis. Je ne me sens pas prête à prendre le risque de céder à mes sentiments et de m'exposer à nouveau à souffrir, mais je suis physiquement incapable de le laisser partir. Sans réfléchir, je lève les mains vers son visage, l'attirant vers moi. Lorsque ses lèvres se posent sur les miennes, j'ai l'impression que le poids que j'avais dans la poitrine disparaît instantanément, et je laisse échapper un gémissement de satisfaction, fermant les yeux pour en profiter pleinement.

J'entends un bruit sourd – celui de son sac qui tombe sur le sol, avant que ses bras ne se referment sur moi. Ses mains glissent jusqu'à ma taille, avant de se refermer sur mes fesses, qu'il saisit fermement pour me soulever. J'enroule instinctivement les jambes autour de ses hanches, tandis qu'il me plaque contre le mur. Notre baiser se fait plus profond et plus intense, et le reste du monde s'efface. Il ne reste plus que nous deux et le désir qui brûle entre nos corps. Avide de l'explorer, je tente de soulever son pull, et l'espace d'un instant, la réalité me rattrape.

Fichu poignet !

Il rompt le baiser à l'instant même où j'ouvre les yeux, me fixant avec un sourire de loup.

– On dirait que tu vas devoir me laisser faire…

Je voudrais détester son air satisfait lorsqu'il prononce ces mots, mais l'excitation monte en moi et je le défie du regard.

S'éloignant du lit, il me dépose sur le lit, et s'allonge au-dessus de moi, s'emparant à nouveau de mes lèvres. Ses mains se glissent sous mon pull pour saisir mon pantalon, qu'il commence à faire descendre sur mes hanches avec une lenteur délibérée. Il s'éloigne à nouveau pour m'en débarrasser complètement. Je me redresse un peu à l'instant où il retire son pull, dévoilant un torse bien dessiné.

Je me mords la lèvre, retenant un sourire.

– Pas de tatouages, hein...

Il se rapproche de moi, amusé.

– Et pas de cicatrices non plus. Déçue ? murmure-t-il contre ma bouche.

Je tends la main pour l'attirer à nouveau vers moi, mais il saisit mon poignet en secouant la tête, une lueur démoniaque dans le regard. Attrapant mon autre main, il épingle doucement mes poignets au-dessus de ma tête, déposant des baisers dans mon cou. Je gémis d'impatience, et je sens ses lèvres qui s'étirent dans un sourire. Une de ses mains se glisse à nouveau sous mon pull, effleurant mon ventre pour saisir l'un de mes seins, qu'il presse doucement, m'arrachant un nouveau gémissement. Le corps à vif, je le repousse en me redressant, et il ne cherche pas à résister. Au lieu de ça, il s'empare de mon pull, qu'il m'aide à retirer. Je rougis alors qu'il prend le temps de parcourir mon corps presque complètement exposé du regard.

– Lewis !

Son nom sonne comme une protestation, et il finit par saisir ma culotte pour la faire glisser le long de mes jambes, puis par retirer son pantalon et son boxer sans me quitter un instant du regard. Enfin, il se tient au-dessus de moi et j'ouvre les cuisses pour l'accueillir. Je halète lorsqu'il commence à me pénétrer lentement. Submergée par la sensation de mon corps enveloppant le sien, je ferme les yeux en savourant les mouvements lents de ses hanches et les vagues de plaisir, plus intenses à chaque fois. Je me cambre pour aller à sa rencontre, et lorsque nous trouvons notre rythme, je me laisse emporter par les sensations jusqu'à ce que l'orgasme déferle en moi, comme une vague brûlante.

***

Je m'éveille en sursaut alors que le matin se lève à peine. Une nouvelle fois, l'image de cette voiture noire qui fonce sur moi est venue hanter mon sommeil malgré le bras de Lewis qui pèse agréablement sur ma taille. Je referme les yeux, me concentrant sur la chaleur qui se dégage de lui. Finalement, mon rythme cardiaque s'apaise. J'aimerais que le temps se fige et que ces instants de calme et d'intimité durent encore et encore…

Tout à coup, je perçois le son du moteur d'une voiture qui approche de la maison. Aussitôt, mon rythme cardiaque accélère. J'ai à peine le temps de me dire qu'une visite à cette heure-ci n'annonce rien de bon que des coups violents résonnent.

Près de moi, Lewis se redresse immédiatement.

– J'y vais.

Sortant du lit, il attrape son pantalon et l'enfile rapidement, afin d'aller ouvrir. Il me faut quelques instants pour repérer mes vêtements qui gisent sur le sol, et je m'efforce de m'habiller aussi vite que possible. Alors que je descends les escaliers, je découvre le shérif Anderson dans l'entrée, accompagné de Ben.

– Ne jouez pas au con, Barrett. Je me trouve déjà bien gentil de vous laisser le temps d'aller vous habiller !

Je m'empresse de les rejoindre, m'efforçant d'ignorer le regard lubrique dont me gratifie Ben.

– Qu'est-ce qui se passe ?

Le shérif me lance un coup d'œil agacé.

– Il se passe qu'à Belvidere, on ne fracasse pas le nez d'un homme impunément. On l'arrête.

Je me cabre.

– Nick était sur le point de s'en prendre à moi. Qui sait ce que ce dingue aurait pu me faire ?

Ben me lance un regard mauvais.

– Il se trouve qu'on sait ce que ton petit-ami lui a fait, annonce-t-il tranquillement.

Je préfère l'ignorer et m'adresser au shérif, mais Lewis me saisit par le bras.

– Laisse tomber. Il vaut mieux que j'y aille.

Je le suis du regard tandis qu'il monte s'habiller. En dépit de mon sentiment de rage et d'injustice, je ne vois pas comment dissuader le shérif de l'arrêter.

Ma gorge se noue douloureusement lorsque Lewis dépose un baiser sur mes lèvres, me murmurant de ne pas m'en faire, avant de partir, encadré par Ben et le shérif. Mais mon accablement est de courte durée. Apercevant ma parka accrochée dans l'entrée, je me souviens de la carte que Matthew y a glissée. Je fouille les poches frénétiquement, craignant un instant de l'avoir égarée.

Non, non, non !

Je laisse échapper un soupir de soulagement lorsque je finis par lui mettre la main dessus, et me précipite sur mon téléphone. Les sonneries se succèdent, et je jette un coup d'œil à l'heure matinale, priant intérieurement pour que Matt ne mette pas son téléphone en mode silencieux pour la nuit.

26

Lewis

J'observe le shérif qui entre dans la pièce. C'est un homme d'une cinquantaine d'années au ventre proéminent – sans doute le résultat d'un penchant pour la bière. Mais en dehors d'une fâcheuse tendance à boire et manger un peu trop, certainement devant la TV, il ne me fait pas l'effet d'un mauvais bougre. Il pourrait presque être sympathique s'il n'était pas bouffi d'orgueil, ce qui le pousse un peu trop à bomber le torse et à se montrer méprisant.

Il s'installe face à moi, déposant deux gobelets de cafés sur la table.

– Comprenons-nous bien, Barrett. Je n'ai rien contre vous. Je fais simplement mon travail. Et vous m'en avez fourni beaucoup en peu de temps, Kris et vous.

Je m'efforce de ravaler ma frustration. Je suis habitué à être en position de force lorsque je négocie, et ce n'est pas précisément le cas ici. Cependant, je ne suis pas disposé à me laisser impressionner. Je prends le temps d'avaler une gorgée de café – immonde et tiède. *Rien à voir avec celui de Dorie…*

– Je crois qu'il serait plus juste de dire que nous avons été victime d'une drôle de série d'incidents, shérif. Ça ne vous paraît pas suspect, à vous ?

Il se penche vers moi.

– Ce qui me paraît suspect, voyez-vous, c'est que chaque fois qu'il arrive quelque chose dans cette ville, ça ne tombe jamais loin de l'exploitation de votre frère.

– Et de la fabrique d'ActiveWave, je crois, précisé-je.

Il plisse les yeux.

– Précisément. Ça fait un moment que votre frère leur cherche des noises.

– Et qu'est-ce que vous en concluez ?

Il se redresse.

– Eh bien, d'un côté, j'ai une entreprise stable, qui fait la prospérité de cette ville. Et de l'autre, j'ai un type sorti de nulle part dont l'exploitation se retrouve rapidement en faillite. Je dirais qu'il a flairé une occasion de tenter d'extorquer de l'argent.

Je dois faire un effort monumental pour ne pas exploser, tandis qu'il poursuit sa démonstration.

– Là-dessus, il disparaît sans crier gare, et voilà que par une coïncidence troublante, quelqu'un met le feu à sa propriété. Que faut-il en conclure, d'après vous ?

Je soupire.

– J'hésite entre deux hypothèses, shérif. Soit vous faites partie des gens vendus corps et âme à ActiveWave, soit vous êtes un parfait crétin.

Il me regarde avec mépris.

– Le parfait crétin va vous envoyer vous expliquer devant un juge pour l'agression de Nick. Ça vous servira d'échauffement avant d'être officiellement accusé de tentative de fraude à l'assurance.

– Si vous tenez à perdre votre temps… Dans ce cas, je veux un avocat.

– Bien. On en a un en ville. Ou il faut compter une bonne demi-journée pour que Rockford en dépêche un commis d'office.

– Je veux *mon* avocat.

Il hausse un sourcil.

– Je vois. Monsieur est donc un habitué des procès ?

Je ricane. *Il n'a pas idée…*

Il se lève en braillant.

– Ben !

Son adjoint apparaît presque aussitôt.

– Monsieur veut son propre avocat. Alors, tu lui fais passer un appel, et tu l'installes en cellule.

Ben me fait signe de le suivre d'un geste, me conduisant jusqu'à un téléphone. Je compose rapidement le numéro de Matt, espérant qu'il soit en mesure de décrocher. Bien que mon rythme cardiaque s'accélère tandis que le téléphone semble sonner dans le vide, je m'efforce de conserver une expression neutre face à l'adjoint du shérif, qui me dévisage avec satisfaction. Enfin, la voix de mon ami résonne dans le combiné.

– Matt, c'est Lewis, dis-je simplement.

– Et tu as besoin d'un avocat, je sais. Kris m'a prévenu. Il est déjà en chemin. J'espère que tu es conscient que tu me fous dans la merde ? Le PDG de Barrett & Reese en cellule dans les Appalaches : si la presse apprend ça, on court à la catastrophe.

Sans parler de mon père, qui ferait sans doute un nouvel infarctus potentiellement fatal.

– Je sais. Mais je sais aussi que tu vas gérer.

– Évidemment… Tu veux que je passe un message à Kris ?

Je ressens un coup de poignard dans la poitrine : ce n'est pas comme ça que j'imaginais me réveiller à ses côtés.

– Dis-lui…

Du coin de l'œil, je perçois un mouvement d'impatience de Ben. Je n'ai aucune envie que cet abruti entende quoi que ce soit de personnel.

– Dis-lui que je serais bientôt sorti d'ici.

– On peut toujours rêver, hein, ricane Ben avant que je ne raccroche.

Il me conduit dans une cellule spartiate, simplement dotée d'une banquette. Je me mets à faire les cent pas, puis je me résous à me laisser tomber sur l'assise sommaire. Je crois n'avoir jamais passé autant de temps à ne rien faire, et j'ai rapidement l'impression de devenir dingue. De temps à autre, je jette un coup d'œil à la fenêtre. Elle est tellement crasseuse qu'elle laisse peu passer la lumière. Pourtant, il me semble que le soleil n'est pas loin de son zénith.

– Hé, Barrett ! Tu sors.

Je fixe Ben en me demandant si j'ai bien compris. J'en ai la confirmation quand il glisse la clé dans la serrure et qu'il ouvre la porte. Je me lève et je le suis, pressé de sortir de là. Il sera toujours temps de comprendre comment c'est possible plus tard. Je récupère rapidement mon téléphone et mon portefeuille sous le regard bougon du shérif, et son adjoint m'escorte jusqu'à la porte sans me donner davantage d'explication.

Abondamment décorées pour Noël, les rues de Belvidere offrent un contraste saisissant avec l'obscur bureau du shérif. J'envoie rapidement un texto à Matt pour le prévenir que je suis sorti et que la présence de mon avocat n'est plus requise, et tout en me dirigeant vers le Pop's, je m'apprête à appeler Kris quand un véhicule s'arrête à ma hauteur.

Le 4x4 flambant neuf est équipé de vitres teintées, et je ne distingue pas ses occupants. Du moins, pas avant qu'une vitre ne se baisse, à l'arrière.

– Monsieur Barrett. Trent Taylor. Je vous dépose.

Le PDG d'ActiveWave en personne.

– Inutile.

Il m'adresse un sourire engageant en ouvrant la portière.

– Vous aurez bien au moins quelques minutes à m'accorder pour qu'on discute ?

Je finis par m'installer sur la banquette à côté de lui, attendant qu'il ouvre les hostilités. Il me contemple longuement, détaillant ma tenue de montagne qui tranche radicalement avec son costume taillé sur mesure, qui n'est pas sans rappeler ceux que j'ai abandonnés dans mon dressing new-yorkais.

– Le moins que l'on puisse dire, c'est que votre frère et vous savez vous fondre dans le décor. Si on m'avait prévenu que l'un des héritiers de Barrett & Reese était notre voisin, nous aurions pu trouver un terrain d'entente. Entre hommes d'affaires, on se comprend, n'est-ce pas ? Mais il n'est pas trop tard.

– Si vous le dites.

– Lewis… Entre nous, rien n'est tout noir ni tout blanc. Et les lois du marché sont ce qu'elles sont.

– Excusez-moi, *Trent*, mais j'ai eu un début de matinée chargé. Si vous alliez droit au but ?

– Bien. Je vous propose le marché suivant : je m'engage personnellement à ce que votre frère n'ait plus d'ennuis. Et bien qu'il n'en ait sans doute pas besoin, il me semble que symboliquement, il est juste que ce soit moi qui finance les réparations des dégâts occasionnés de la ferme.

– Et en contrepartie ?

– Vous calmez le jeu avec les journalistes. Et avec la petite blonde qui leur fait faire le tour de la ville depuis ce matin.

Je le contemple avec incrédulité.

– Donnez-moi une seule bonne raison d'accepter ?

– Eh bien, il aurait été facile d'informer ces journalistes que vous étiez en cellule. Cela aurait porté un grand préjudice à l'image de votre société. Pourtant, je ne l'ai pas fait.

J'ouvre la portière, descendant du véhicule.

– Vous auriez peut-être dû, Trent. Voilà ce que moi je vous propose : vous mettez fin à la pollution dont vous êtes responsable en faisant les modifications qui s'imposent, ou je vous garantis que votre société fera bientôt les gros titres de tous les médias.

J'entraperçois sa mine déconfite alors que je referme la portière d'un geste vif, m'éloignant à grands pas.

Je n'ai le temps de parcourir que quelques mètres avant de heurter Wyatt de plein fouet.

– Lewis ? Désolé. Je regardais cette voiture, là-bas. C'est un bel engin.

– Hum ? Oui, pas mal. Dis-moi, ça ne vous dérangerait pas de me ramener chez moi ?

Il me lance un regard navré.

– Ce vieux pick-up a rendu l'âme ? Parce que si tu veux, on peut en toucher un mot à Sam : il passera voir ce qu'il peut faire.

Je le retiens, alors qu'il part déjà vers le garage.

– Non, merci. Le pick-up marche parfaitement. C'est...

Je soupire, renonçant à lui expliquer que je suis venu en ville dans la voiture du shérif.

– ...c'est une longue histoire.

***

Dès que Wyatt me dépose devant le chalet, j'aperçois un véhicule garé près de mon pick-up. Je gravis rapidement les escaliers, m'attendant à trouver Kris en compagnie de journalistes après les propos tenus par Taylor. Moi qui avais hâte de la serrer dans mes bras et de lui faire oublier ce réveil calamiteux...

À l'instant où je franchis la porte, je tombe nez à nez avec une femme d'une cinquantaine d'années, qui laisse échapper un cri de surprise.

– Seigneur ! Cette manie qu'ont les gens d'ici d'entrer comme s'ils étaient chez eux... Je ne m'y ferai jamais !

Un homme, sensiblement de son âge, émerge du salon.

– Tiens, je ne vous connais pas vous. Vous êtes nouveau à Belvidere ? demande-t-il.

Je les examine avec circonspection. Il est évident qu'il ne

s'agit pas de journalistes.

– On peut dire ça comme ça, oui.

– Ed Chestfield. Et voici ma femme, Kate.

Voilà autre chose. Les parents de Kris ? Je saisis la main qu'il me tend.

– Je…

– Ed, par pitié. Nous n'avons pas de temps à perdre. Ça n'a rien de personnel, précise-t-elle en s'adressant à moi. Mais nous n'avons plus vu notre fille depuis si longtemps ! Je suis sûre qu'elle est encore dans cette maudite ferme à sapins. C'est là-bas que vous travaillez ?

Je m'efforce de conserver mon sérieux.

– Oui. Justement, j'allais y aller. Je vous dépose ?

Elle me lance un regard épouvanté.

– Dans cet horrible pick-up ? Non, merci.

Ignorant superbement ma présence, elle se tourne vers son mari.

– Ta fille a intérêt à avoir une bonne raison de ne pas vouloir passer les fêtes avec nous !

– Allons, chérie : à son âge, c'est forcément une affaire de cœur. Et ce n'est pas toi qui te plains toujours qu'elle soit célibataire ?

– Ed !

Elle roule des yeux dans ma direction, et il hausse les épaules avec désinvolture. Exaspérée, elle se tourne vers moi.

– Comme vous pouvez le constater, Kris n'est pas là. Je ne voudrais pas vous mettre dehors, mais…

Je me racle la gorge.

– Bien sûr, oui. Je vais vous laisser.

Je saisis discrètement la clé du pick-up sur la console de l'entrée, et je fonce vers le véhicule.

27

Kristen

Jasper tourne autour d'un jeune sapin en train de mourir, sa caméra braquée sur lui.

– Il va falloir en faire analyser un pour savoir quel produit a été utilisé précisément. La chaîne peut régler les frais.

Je relève la tête, surprise.

– Vraiment ?

Il se retourne vers moi, en baissant sa caméra.

– Oui. C'est un gros sujet.

J'en prends bonne note, et je lance un coup d'œil anxieux en direction de la ferme.

– Tu veux voir autre chose ?

– À toi de me dire. Il y a autre chose d'intéressant ?

– Non, je pense qu'on a fait le tour. On peut rentrer.

Je presse le pas, l'entraînant sur le chemin du retour. Je ne m'attendais pas à ce que *United Insight Channel* envoie quelqu'un aussi rapidement. Mais la matinée s'est achevée sans que je n'aie de nouvelles de Lewis, et je suis déterminée à me rendre en personne au bureau du shérif. Cependant, alors que je me rapproche du barnum qui remplace la boutique, mon cœur bondit en reconnaissant le pick-up qui s'immobilise.

Je me mets à courir, me jetant dans les bras de Lewis dès qu'il met pieds à terre. Il m'embrasse rapidement, avant de me repousser. Je regrette immédiatement mon élan d'affection – j'aurais dû me douter qu'il n'était pas vraiment dingue de ce genre de démonstration. D'autant que ce n'est pas une nuit qui fait de nous un couple.

– Excuse-moi.

Il me prend discrètement la main.

– Crois-moi, ce n'est pas l'envie qui m'en manque. Mais il se trouve que je suis suivi de près.

Je me tourne vers l'entrée à l'instant où un véhicule gris tout à fait quelconque le franchit. Et j'ai l'impression que mon cœur cesse de battre à l'instant où mes parents en descendent. Ma mère se précipite vers moi, écartant Lewis sans ménagement pour me serrer dans ses bras.

– Ma chérie ! Oh, mon bébé ! Tu m'as tellement manquée !

Je lutte pour me dégager de son étreinte – en vain. Je dois me résoudre à la laisser me broyer au risque de m'étouffer.

– Allons, Kate ! Laisse-la un peu respirer.

Ma mère consent à me lâcher, cédant la place à mon père.

– Bonjour ma chérie. C'est bon de te revoir. Et de revoir cet endroit.

Ma mère lève les yeux au ciel avec une moue écœurée qui n'échappe pas à Lewis. Adossé au pick-up, il contemple la scène avec une expression amusée que je me promets de lui faire payer.

Surgissant derrière moi, Jasper brandit sa caméra.

– Voilà. J'ai pris quelques plans de coupe dans la boutique. On peut y aller, si tu veux. Oh… Tu préfères peut-être que j'attende, propose-t-il en constatant que j'ai de la compagnie.

– Non, pas du tout. Jasper, je te présente Kate et Ed, mes parents, et…

Ma mère me lance un coup d'œil qui se veut complice, mais qui ne fait que déclencher un puissant signal d'alarme dans ma tête.

– Ravie de vous rencontrer, Jasper. Vous êtes journaliste ? demande-t-elle curieuse.

– Oui, je travaille pour *United Insight Channel.*

Ma mère lance une exclamation ravie.

– Et c'est donc vous qui retenez ma fille ici à la veille de Noël ?

Tout à coup, mes pires craintes se confirment. Ma mère est vraiment en train de prendre Jasper pour mon petit ami. S'il ne se doute pas du quiproquo dont il fait l'objet, Lewis a parfaitement compris la situation, et il a manifestement l'air de trouver ça très drôle.

– En fait, je dois rencontrer Lewis Barrett, après quoi je repars pour New York et…

Il s'interrompt en avisant une famille qui approche de la boutique, et dont les enfants affichent des mines réjouies.

– Oh, je vais prendre quelques plans avec les enfants !

Alors qu'il s'éloigne, ma mère se précipite vers moi.

– Lewis Barrett… Le frère d'Elijah ? Tu le connais ? Tu sais qu'il est célibataire ? Cette année, il figure encore parmi les célibataires les plus en vue de l'année publié par…

Je rougis furieusement, consciente que Lewis me fixe sans en perdre une miette. Je compte sur mon père pour venir à mon secours, mais quand il interrompt ma mère, c'est plutôt pour provoquer le coup de grâce.

– Je t'en prie, ma chérie : lui ou un autre…

Ma mère le foudroie du regard.

– Lui plutôt qu'un autre !

Lewis s'approche avec nonchalance.

– Si vous voulez mon avis, il vaudrait mieux un autre que lui. C'est un type autoritaire, dépourvu de tout sentiment et pas tellement sympathique.

Ma mère l'examine des pieds à la tête, stupéfaite.

– Mais personne ne vous demande votre avis. Et qu'est-ce

que vous en savez, d'abord ?

Il hausse les épaules.

– Tout le monde le sait. N'est-ce pas, Kris ?

Je lui décoche un regard meurtrier. C'est le moment que choisit Jasper pour faire sa réapparition. Il adresse un sourire avenant à Lewis, en lui tendant la main.

– Salut. Vous bossez ici ?

Lewis acquiesce.

– Super. Vos collègues sont tous occupés. Mais vous pourriez peut-être m'accorder quelques mots ? C'est toujours bien d'avoir le témoignage des employés. Vous vous appelez ? poursuit Jasper.

– Lewis. Barrett, ajoute-t-il en adressant un large sourire à ma mère, qui semble sur le point de se décomposer.

Jasper éclate de rire.

– Pardonnez-moi. Je ne vous connais qu'en costume – je ne m'attendais pas...

Lewis lance un coup d'œil en coin à ma mère.

– Rassurez-vous, vous n'êtes pas le seul. Venez, on va s'installer dans le chalet.

Laissant ma mère bouche bée, je leur emboîte le pas, saisissant Lewis par la manche pour le retenir.

– Je ne te pardonnerai jamais ce coup-là. Jamais.

Il me décoche un sourire diabolique.

– On verra ça ce soir, murmure-t-il à mon oreille.

La promesse provoque un éclair d'excitation fulgurant, et je suis pratiquement sûre qu'il le sait pertinemment tandis qu'il rattrape Jasper, le faisant entrer dans le chalet.

***

La boutique est fermée depuis longtemps et le calme règne sur la ferme lorsque je gare la voiture de location de mes parents devant le chalet d'Elijah. J'entre en trombes, découvrant un feu fourni dans le poêle.

Surgissant de la cuisine, Lewis me saisit par la taille et me fait pivoter, ses lèvres s'écrasant sur les miennes. Je glisse la main dans ses cheveux, savourant le baiser. Me sentant fondre, je le repousse d'un geste vif tant qu'il est encore temps.

– J'étais morte d'inquiétude. Et tu n'as même pas pris la peine d'appeler pour me dire que tu étais sorti de prison. Sans parler de ton petit numéro avec mes parents. Ma mère ne s'était encore jamais sentie aussi humiliée.

Il éclate de rire – un rire franc et joyeux auquel je ne suis pas habituée et qui me désarme.

– Avoue que c'était de bonne guerre.

Je soupire.

– Je dois admettre que ma mère est un peu excessive. Mais il faut que tu lui présentes des excuses.

Il me repousse doucement contre le mur, faisant mine de réfléchir profondément. Puis, il plante son regard dans le mien.

– Non.

Écartant délicatement mes cheveux, il entreprend de déposer des baisers dans mon cou. Je manque de céder quand il écarte mon pull pour descendre vers la zone sensible de ma clavicule, mais je parviens à le repousser une fois de plus.

– Lewis. Mes parents nous attendent dans quarante-cinq minutes pour dîner. J'ai déjà dû improviser pour leur expliquer la disparition de mon 4x4 et l'état de mon poignet. Alors, s'il te plaît : promets-moi de t'excuser.

– Je sais pas… Ta mère n'a pas été très sympathique avec moi. D'un autre côté, il te reste quarante-cinq minutes pour me convaincre.

Si je pouvais avoir le moindre doute sur ses intentions, je n'en ai plus lorsque ses hanches se pressent contre moi. Et je meurs d'envie de céder – du moins jusqu'à ce qu'il m'entraîne vers les escaliers et qu'une pensée me vienne brusquement à l'esprit.

– Attends. On ne peut pas faire ça dans le lit d'Elijah.

– Merde. Je dois dire que je n'y ai pas pensé du tout. Mais maintenant que tu en parles…

Il s'interrompt brusquement.

– Pourquoi ça te perturbe autant ? Tu y as déjà… avance-t-il.

Je le repousse.

– Non, mais ça va ?

Il m'examine avec attention, une lueur indéfinissable brûlant au fond de ses yeux sombres.

– Lewis, sérieusement ? Tu n'imagines quand même pas…

Face à son silence, une violente colère s'empare de moi.

– Enfin, mais pour qui tu me prends ? m'exclamé-je.

Il détourne le regard, secouant la tête.

– Excuse-moi. C'est juste que…

Je m'avance vers lui, posant rageusement la main sur sa joue pour l'obliger à me regarder.

– Quoi ? C'est juste que quoi ?

– J'ai toujours eu du mal à comprendre votre relation.

– Évidemment. Et pour toi, les rapports entre un homme et une femme se limitent à baiser.

– Kris…

Je repousse la main qu'il tend vers mon visage, et je me dirige vers la porte. Alors que je la claque derrière moi, je m'efforce de ravaler les larmes de rage et de déception qui me brûlent les yeux. Décidément, j'ai un don pour accorder ma confiance au premier connard venu.

28

Lewis

Le jour se lève sans que j'aie fermé l'œil. Je ne comprends pas comment j'ai pu être aussi con, et j'ai passé la nuit à me flageller intérieurement, tout en espérant une réponse à une misérable tentative pour m'excuser par texto. Et il est complètement exclu que je me pointe à sa porte alors que ses parents sont là. D'autant qu'il est à présent peu probable qu'ils se montrent assez compréhensifs pour me laisser m'expliquer avec leur fille. Je suppose qu'ils n'ont pas une très haute opinion de moi, après le tour que je leur ai joué – en particulier sa mère.

Je jette un œil à l'heure. 7 h 14. Soit plus de deux heures avant l'arrivée des saisonniers – suivis de près par les premiers clients. Incapable de tenir en place plus longtemps, je décide de sortir faire un tour. N'ayant aucune envie d'affronter Dorie ou de croiser du monde, j'opte pour une promenade à travers la propriété.

Perdu dans mes pensées, je perds rapidement de vue le chalet et le hangar, et je ne me retrouve bientôt avec rien d'autre que des rangées de sapins et la nature autour de moi. Et loin de me sentir oppresser comme je pouvais l'être à mon arrivée, je me surprends à apprécier la paix qui règne ici… du moins, en apparence. À quelques centaines de mètres à peine,

ActiveWave est en train de détruire subrepticement cet espace naturel.

Je réalise tout à coup que je n'ai jamais vu la fabrique de mes propres yeux, et je me dirige machinalement dans sa direction. Bientôt, j'entends le son tumultueux du Little Dee, et j'atteins le vallon. De l'autre côté, j'aperçois un vaste bâtiment devant lequel sont déjà garées de nombreuses voitures. Vu les tensions actuelles, il me semble préférable de rester à couvert. À cet endroit, les sapins poussent en toute liberté, et il m'est assez facile de trouver un spot d'où observer les lieux.

Je repense à Trent Taylor. Il n'a pas tort sur un point au moins : je connais le monde des affaires. Et je sais que modifier une chaîne de production coûte de l'argent. Pourtant, dans certains cas, c'est indispensable. Je ne doute pas que Taylor le fasse bientôt. Pas par principe ni par crainte de la justice. Mais il est assez avisé pour ne pas se mettre l'opinion publique à dos. Malheureusement, si je me fie à l'avis général, il n'hésitera pas à fermer la fabrique de Belvidere au passage. Quoi qu'il en soit, je ne serai sans doute déjà plus là pour le voir.

Dans ma poche, mon téléphone se met à vibrer.

– Maman ?

– Bonjour, mon chéri. Je ne te dérange pas ?

– Bien sûr que non. Mais tu es bien matinale.

– Je connais les horaires de la boutique. Comment ça se passe ?

– Bien. Et papa ?

– Oh, je mentirais si je te disais que tu peux compter sur un accueil chaleureux quand tu le reverras. Lewis, tu es sûr que tout va bien ?

– Oui. Je suis juste un peu crevé. Tu me connais : je ne suis pas vraiment habitué à la vie au grand air.

– Eh bien, j'espère que tu y as pris goût. Ton père se serait sans doute évité bien des ennuis de santé s'il avait eu la sagesse de profiter de la paix que l'on trouve dans la nature de temps à autre.

– Je suppose que tu as raison.

Tout en lui parlant, je regarde le paysage qui m'entoure. Tout à coup, mon regard se pose sur un immense sapin, et mon cœur s'emballe.

– Je suis désolé, maman, il faut que je te laisse.

– Bien sûr. À bientôt, mon chéri.

Glissant le téléphone dans ma poche, je me précipite vers le sapin qui semble dominer tous les autres, le contemplant avec admiration. Aucun doute : il est si grand et si parfait qu'il pourrait parfaitement trôner au cœur du Rockefeller Center. Je suis certain que mon frère y a pensé, lui aussi. Et en l'admirant ici, je comprends qu'il ait délibérément choisi de le laisser là où il est. Sa place est ici, dans son environnement naturel – pas à New York. J'imagine qu'il en va de même pour Elijah. Et il en est peut-être de même pour moi…

Je réalise à présent que mon frère a sans doute été le plus fort de nous deux. Après tout, il n'a pas eu peur de suivre son rêve, quitte à entrer en opposition avec mon père et avec moi. Moi, en revanche, le chemin me semblait si évident que je n'ai même pas cherché à me demander s'il me correspondait ou pas.

Je me détourne du sapin pour rentrer, perdu dans mes pensées, pour retourner vers la ferme. Lorsque j'arrive en vue des bâtiments, j'aperçois distinctement deux silhouettes qui semblent examiner les maigres décombres de la boutique incendiée.

Je laisse échapper un juron.

Si jamais c'est encore des gars de Taylor, ils vont passer un sale moment !

Je me mets à courir, et ils me repèrent vite. Loin de prendre la fuite, les deux hommes se dirigent vers moi. Lorsqu'ils arrivent à ma hauteur, le plus âgé d'entre eux brandit une carte sur laquelle je distingue trois lettres : FBI.

– Agent Norris. Et mon collègue, l'agent Russell. Vous êtes Lewis Barrett ?

Je hoche la tête, peinant à croire que je me trouve bien face à deux agents fédéraux.

– Qu'est-ce que je peux faire pour vous ?

Le dénommé Norris désigne les vestiges de la boutique.

– Vous êtes au courant que le shérif Anderson suspecte une tentative de fraude à l'assurance ?

Je soupire ouvertement d'exaspération.

– Je ne dois pas être très doué pour la fraude, puisqu'il n'y a jamais eu de déclaration. En revanche, si le shérif n'était pas aussi buté, j'aurais peut-être pu porter plainte afin d'avoir une chance de faire arrêter les véritables responsables. Mais je ne vois pas en quoi ça concerne le FBI.

Les deux hommes échangent un regard.

– Vous connaissez Kristen Chestfield, n'est-ce pas ?

J'essaie de faire abstraction de la douleur qui me noue l'estomac à la mention de son nom, et j'acquiesce.

– Et je suppose que vous avez connaissance de son accident ?

La douleur cède la place à la colère.

– Son accident ? On a essayé de la tuer !

– La police de Rockford n'a pas eu l'impression que le shérif de cette ville se montrait très coopératif. Qu'est-ce que vous en pensez ?

Je ricane.

– Je pense qu'il est préférable que je m'abstienne de vous donner mon avis sur la question. Est-ce que vous allez vous décider à me dire ce qui vous amène vraiment ?

– On a retrouvé la voiture que mademoiselle Chestfield aurait croisée. Elle aurait été louée sur Rockford à partir d'un site internet, mais impossible de remonter jusqu'au moyen de paiement.

Mon regard va d'un agent à l'autre.

– Mais ?

Ils échangent un coup d'œil rapide.

– Mais il y avait encore des empreintes. Elle n'a été que partiellement nettoyée.

Je les fixe avec incrédulité.

– Vous avez arrêté la personne qui a fait ça ?

Norris s'éclaircit la gorge.

– Ce n'est pas si simple. Ces empreintes avaient peut-être une tout autre raison d'être là.

– Comment ça ?

– Elles appartiennent à un officier de police.

Mon sang se glace.

– Ben ou le shérif ?

– Monsieur Barrett…

Je repose la question, peu enclin à me laisser impressionner.

– Ben ou le shérif ? répété-je.

Il soupire.

– Ben Cole.

Bordel.

***

Pilant devant le chalet de Kris, je me précipite vers la porte, qui est verrouillée. Je jette un coup d'œil aux alentours : aucune trace de la voiture de ses parents. Ce qui ne signifie pas pour autant qu'elle n'est pas là. Je frappe violemment à la porte sans obtenir de réponse.

Je réfléchis à toute vitesse. À cette heure-ci, il n'y a qu'un endroit où elle a pu aller. Regagnant le pick-up, je prends la direction de Belvidere, fonçant au Pop's Diner. Je rentre en trombes, attirant le regard des clients. Dorie surgit de la cuisine, alertée sans doute par la violence avec laquelle j'ai ouvert la porte.

– Lewis ? Enfin, mon chou, vous avez perdu la tête !

Je la saisis par le bras.

– Est-ce que vous avez vu Kris ?

– Si...

– Dorie : est-ce que vous avez vu Kris, oui ou non ?

Elle me regarde avec de grands yeux affolés.

– Enfin, lâchez-moi vous me faites mal. Et suivez-moi.

Elle m'entraîne vers la cuisine.

– Oui, j'ai vu Kris. Elle s'est arrêtée ce matin avec ses parents avant de prendre la route pour l'aéroport.

Une vague de soulagement me submerge en la sachant hors de portée de Ben.

– Je ne sais pas ce qui s'est passé entre vous, mais je connais ma petite Kris, et elle était toute retournée. Sa mère était tellement contente qu'elle parte avec eux qu'elle n'avait même pas l'air de s'en rendre compte.

La nouvelle me fait l'effet d'un uppercut.

– Elle est partie avec ses parents ? Où ?

– En Californie, à Culver City.

J'ai l'impression que le sol se dérobe sous mes pieds. Je sais que j'ai merdé, mais de là à ce qu'elle parte comme ça, sans même me prévenir...

– Oh, Lewis, mon chou. Vous la connaissez, notre Kris. Vous la voyez rester là-bas ? Je vous mets ma main à couper qu'elle sera rentrée après les fêtes.

Je m'efforce de sourire à Dorie, me gardant bien de lui dire que je serai déjà reparti à New York – où je devrais sans doute affronter la colère de mon père...

***

De retour à la ferme, je passe par la boutique afin de m'assurer que tout se passe bien. Puis, je me replie dans le chalet, où je ne me donne même pas la peine de raviver le feu. Je me laisse tomber sur le canapé. Épuisé par une nuit blanche, une marche et une matinée d'ascenseurs émotionnels, je ne tarde pas à m'endormir.

Lorsque je me réveille, la nuit est tombée, et aussi déprimé que je puisse être, je meurs de faim. Je décide de faire un saut en ville pour faire quelques courses. Je ne peux m'empêcher de ralentir en passant à la hauteur du chalet de Kris, et je pile immédiatement.

Il y a de la lumière.

Garant rapidement ma voiture, je me précipite jusqu'à la porte pour frapper. J'attends un long moment, et je m'apprête à frapper à nouveau quand la porte s'ouvre enfin. Les traits tirés, Kris me regarde en silence.

– Je peux entrer ?

29

Kristen

Lewis me contemple d'un air si malheureux que je n'ai pas la force de lui claquer la porte au nez – même si j'ai la ferme conviction qu'il ne mérite pas mieux. Cependant, je m'écarte pour le laisser entrer.

– Alors, en fin de compte, tu n'es pas partie…

Je peste contre Dorie. Il a fallu qu'elle le lui dise…

– Non. Tu n'en vaux pas la peine, rétorqué-je.

Je mens, mais sa clairvoyance habituelle semble l'avoir abandonné, car il accuse le coup, baissant les yeux. Il prend ma main, et je tente de la retirer sans conviction. Lorsque sa prise se resserre, je cesse de lutter – savourant le contact de sa peau.

– Écoute, j'ai été complètement con, c'est vrai. Mais c'est pas non plus…

Il entrelace ses doigts avec les miens, cherchant ses mots.

– On ne va pas laisser ça tout gâcher entre nous, non ? dit-il doucement.

Je le regarde, résistant difficilement à l'attraction qu'il exerce sur moi simplement en se tenant là. Vaincue, je l'attire vers moi.

– J'ai peut-être réagi de façon un peu excessive.

Il me sourit, déposant un baiser au coin de mes lèvres.

– Tu dois tenir ça de ta mère.

Je lui donne un petit coup de poing contre l'épaule, le laissant m'attirer contre lui.

***

Les jours suivants, la vie de Belvidere est secouée par un événement qui fait l'effet d'une bombe : le shérif Anderson démissionne, profondément humilié d'apprendre que son adjoint est activement recherché par le FBI. Ce dernier s'est toutefois volatilisé avant d'avoir été arrêté.

– Je doute qu'on le revoie dans le coin avant longtemps, affirme Dorie en me servant une tasse de chocolat. Et c'est très bien comme ça.

Elle me regarde attentivement tandis que je plonge les lèvres dans le breuvage, et elle sourit lorsque j'émets un petit son de satisfaction.

– Alors, mon petit chat : comment va ton Lewis ?

J'étouffe un soupir.

– Ce n'est pas *mon* Lewis, Dorie.

Elle rit.

– Vraiment ? Tu aurais dû voir sa tête quand il a cru que tu étais partie pour la Californie !

– Pourtant, d'ici quelques jours, c'est lui qui partira.

Elle me regarde, sceptique.

– Tu es sûre de ça ?

Je ne me vois pas expliquer à Dorie comment et pourquoi Lewis a débarqué à Belvidere et dans nos vies. Aussi je me contente de baisser les yeux sur ma tasse.

– Oui.

– Eh bien, dans ce cas, le mieux c'est de profiter de chaque instant avec lui.

Je soupire.

– Non. Le mieux, c'est au contraire que je me réhabitue à vivre sans lui.

– Ça, ma chérie, c'est complètement idiot.

– Je n'en sais rien... De toute façon, on est tous les deux très occupés à longueur de journée.

Je suis en effet passée en ville afin de récupérer des informations pour mon blog, et le reste du temps, je le consacre à la boutique. Quant à Lewis, il passe le plus clair de son temps à s'occuper de la coupe des sapins pour alimenter les ventes qui vont bon train, quand il ne passe pas des heures au téléphone.

Dorie se penche vers moi, une lueur de malice dans le regard.

– Eh bien, à défaut des journées, il vous reste les nuits.

Le rouge me monte aux joues, et elle éclate de rire. Et je suis ravie de voir Sarah se joindre à nous. Cette dernière affiche une mine défaite lorsqu'elle prend place près de moi.

– Vous n'allez jamais le croire. Ça y est. C'est officiel. ActiveWave abandonne la fabrique.

Dorie laisse échapper une exclamation consternée.

– Mais que va devenir la ville ?

– D'après Don, il se pourrait qu'elle ne ferme pas, mais qu'elle soit rachetée.

– Alors ça, ma petite, ce serait un authentique miracle.

Je partage le scepticisme de Dorie, mais je m'efforce de sourire à Sarah.

– C'est bientôt Noël : quelle meilleure période pour ça ? avancé-je pour faire perdurer l'espoir.

Je passe encore un moment en leur compagnie avant de prendre congé, emportant un chocolat pour Lewis. Alors que je me dirige vers le pick-up, j'ai à peine le temps de réaliser qu'une masse surgit dans mon dos.

L'instant suivant, le chocolat s'écrase sur le sol, et je me retrouve plaquée contre un mur, une poigne de fer m'enserrant la gorge.

– Toi ! Tout est de ta faute, espèce de garce.

Luttant pour respirer, je reconnais Ben, le visage déformé par la colère.

– C'est toi qui as foutu ma vie en l'air ! Quitte à aller en taule, autant finir le travail.

Ma vue commence à se brouiller, tandis que mes poumons sont brûlants. Je tente vainement de lui faire lâcher prise, maudissant mon poigné blessé. Ses mains se resserrent encore autour de mon cou. Mobilisant toutes mes forces, je lui balance un coup de genou qui le touche en plein ventre. Sa prise se desserre suffisamment pour que je me libère, et que je tente de fuir.

Mais ma vision toujours floue me trahit, et je trébuche – sans doute sur le trottoir. J'ai à peine le temps de me retourner pour lui faire face, qu'il se jette à nouveau sur moi.

– Déconne pas, Ben !

Il s'immobilise, alors que je reconnais la voix de Jackson Anderson. Ma vision s'éclaircissant, je distingue l'ancien shérif de Belvidere qui braque une arme sur celui qui était son adjoint. Cole ricane.

– Allez vous faire foutre ! J'ai plus d'ordre à recevoir de vous.

Anderson baisse le regard vers moi.

– Reste pas là, Kris.

Je me relève, rampant à moitié et c'est l'instant que Ben choisit pour charger Anderson. Fort de son physique de sportif, il n'a pas de mal à le désarmer. Instinctivement, je me précipite pour donner un coup de pied dans l'arme qui gît maintenant au sol, la projetant hors de portée de Ben. Furieux, il relâche Anderson pour me lancer une insulte, et ce dernier parvient à le repousser. Titubant en arrière, Ben ne tarde pourtant pas à revenir à la charge, et je pousse un cri en voyant son poing heurter durement le plexus de son adversaire. Par chance, bien que nous soyons à l'écart de la route principale, l'échauffourée finit par attirer l'attention. Et je vois subitement apparaître Don. Le mari de Sarah jauge rapidement la situation, et il se lance immédiatement dans la bataille, parvenant à jeter Ben à terre et à l'immobiliser.

Furieux, Ben vocifère.

– Bordel, Don, qu'est-ce qui te prend ? Cette fille nous a tous foutus dans la merde...

Ignorant ses insultes, je me précipite vers Anderson, qui peine à reprendre son souffle.

– Ça va, shérif ?

Il hoche rapidement la tête, haletant.

– Je ne suis plus shérif. Mais je vais quand même conduire ce crétin au poste. Il y a deux agents du FBI qui seront ravis de le voir.

Ben se débat toujours sous la prise de Don.

– C'est vous le crétin ! Je vous garantis que vous allez tomber avec moi. Je vais tout balancer sur l'argent que vous versait Clarks, moi !

Anderson a un rire amer.

– Te fatigue pas. Le FBI est déjà au courant... Allez, viens par-là toi. Kris, on va trouver quelqu'un pour s'occuper de toi.

***

J'ai beau assurer Sarah et Dorie que je vais bien, elles me conduisent immédiatement chez le docteur Bradner, qui officie à quelques pas du Pop's.

Ce dernier examine longuement mon cou, décrétant à mon plus grand soulagement qu'il n'est pas nécessaire de m'envoyer à l'hôpital de Rockford pour des examens complémentaires.

– Mais il va falloir mettre de la glace. Et je vais vous prescrire une crème. Préparez-vous à voir votre cou virer au violet dans les prochaines heures.

Examinant mon poignet, il l'examine longuement, m'intimant de ne plus le solliciter sous peine de vraiment l'endommager.

Lorsque je peux enfin quitter son cabinet, je découvre Lewis qui fait les cent pas dans la rue. Il se précipite vers moi. Son expression se durcit quand son regard tombe sur mon cou, qui commence à prendre une teinte violette.

Il m'attire vers lui, et je me serre contre sa poitrine.

– Il a de la chance de s'être fait embarquer avant que je lui mette la main dessus.

Je ne peux pas retenir un rire, et il s'écarte légèrement pour pouvoir voir mon visage.

– Quoi ?

– Depuis que tu es arrivé, tu t'es déjà battu avec une brute notoire et tu t'es fait arrêter. C'est peut-être une bonne chose que tu ne restes pas ici. Tu finirais certainement par récolter quelques cicatrices. Et par aller en prison, toi aussi.

Une lueur étrange passe dans son regard, mais il se penche rapidement pour déposer un baiser dans mes cheveux et m'entraîner vers le pick-up.

***

À mon grand désespoir, je constate le soir même en prenant ma douche que le médecin avait raison : mon cou prend une horrible couleur sombre. Quittant la salle de bain, je me dirige vers le salon, où Lewis est en pleine conversation téléphonique. Il y met fin immédiatement en me voyant apparaître.

– Viens par-là, dit-il en me tendant la main.

Je lève le visage vers lui, me hissant sur la pointe des pieds tandis qu'il se penche pour m'embrasser. Mais je ne peux retenir un petit gémissement de douleur et de frustration en constatant que mon cou est non seulement hideux, mais aussi *vraiment* douloureux. Il recule immédiatement, examinant mes contusions d'un œil inquiet.

– C'est pas joli à voir…

Je soupire en attrapant le sachet contenant le baume que m'a prescrit le médecin, et en me laissant tomber sur le canapé. Il s'installe près de moi, me l'ôtant des mains.

– Hé ! m'exclamé-je.

Il secoue la tête, s'employant à déballer le pot de crème.

– Le médecin t'a dit de ne plus solliciter ton poignet, il me semble.

Et je n'aurais jamais dû te le dire… Je me détourne avec une moue boudeuse, et il se met à rire. Mon cœur se serre en songeant que d'ici quelques jours, je n'entendrais plus ce son chaleureux, et je m'efforce de ravaler les larmes qui me piquent les yeux.

– Allez, laisse-moi faire.

Sa main effleure délicatement mon cou, repoussant mes cheveux. Je ferme les yeux, savourant le contact sur ma peau, malgré qu'elle soit endolorie. Tandis qu'il applique le baume avec douceur, ma gorge se noue.

– Désolé.

Je m'efforce de lui sourire pour le rassurer.

– Non, ça va. C'est simplement que…

Je m'interromps, les mots se coinçant dans ma gorge. Il me fixe avec anxiété. Je prends une profonde inspiration.

– C'est simplement qu'il ne reste plus que quelques jours avant Noël, et ton départ. Et c'est pas vraiment comme ça que j'espérais les passer.

– Oh. Eh bien, puisque tu en parles… Je ne suis pas vraiment certain de partir.

Une onde d'espérance me parcourt le corps. Pourtant, je doute de comprendre.

– Comment ça ? m'exclamé-je.

Il s'éclaircit la gorge.

– Je ne crois pas que ma vie soit à New York. En fait, j'envisage de rester. Bien sûr, Elijah va probablement vouloir récupérer son chalet, ce qui risque de faire de moi un SDF. Mais il me semblait t'avoir entendu dire un jour qu'à Belvidere, on ne laisse pas les pauvres étrangers dehors, alors... Enfin, si tu veux bien me recueillir quelque temps.

Je baisse les yeux un instant, battant des paupières pour chasser des larmes d'espoir.

– Techniquement, tu n'es plus un étranger à Belvidere. Tu as quand même une recette de chocolat attitrée chez Dorie – ça veut dire quelque chose. Et tu as déjà fait beaucoup pour la ville... Mais... oui... ça peut se faire.

Il se rapproche de moi, se penchant pour déposer un baiser sur mes lèvres et je ferme les yeux. J'ignore où cela va nous mener, mais finalement peu importe du moment que nous faisons ce voyage ensemble. Il y a encore du chemin à parcourir concernant le nettoyage des terres polluées et du Little Dee, les plans de sapins à reprendre pour assurer les années à venir, et aussi pour que la ferme soit enfin rentable pour de bon. Mais avec Lewis dans le coin, je n'ai plus aucun doute sur le fait que tout se passera bien. Même si Elijah refuse de le laisser continuer de s'occuper de l'exploitation, il saura apporter à Belvidere un vent nouveau. Il sera avec nous, avec moi.

Il ne reste plus qu'à savoir ce que va en penser Elijah... J'ai hâte de lui raconter tout ce que son frère a fait pour l'exploitation, pour la ville, pour moi, mais aussi pour lui. En attendant, je compte bien passer les fêtes de fin d'année les plus délicieuses en compagnie de l'homme dont je suis tombée amoureuse.

Découvrez l'histoire d'Elijah dans *Un pari risqué, Elijah et Moïra*.

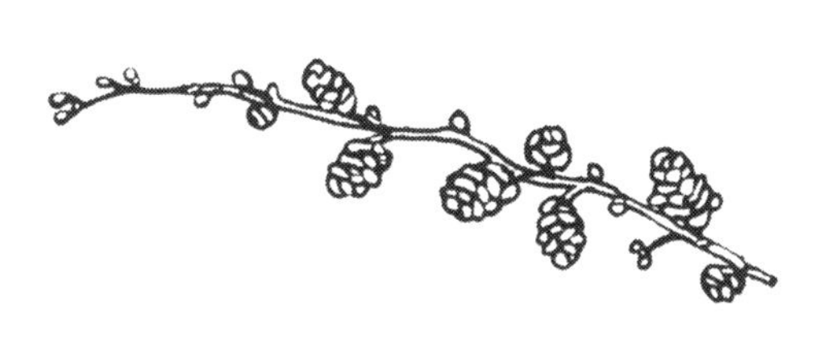

Responsable éditoriale : Amandine Schmit
Edition et correction : Cherry Publishing
Composition et mise en page : Cherry Publishing
Illustrations intérieures : © Shutterstock
Conception graphique de la couverture : Keti Spirkoska
Illustration de couverture : Keti Spirkoska

Dépôt légal : décembre 2023

Printed in France by Amazon
Brétigny-sur-Orge, FR